오늘도 ————

관제탑에 오릅니다

오늘도
관제탑에
오릅니다

—

인천공항
관제사가 들려주는
항공 이야기

민이정 지음

루아크

공항과 비행기에 관한 가장 오래된 기억이라고 하면 아스라
이 떠오르는 장면이 있습니다. 아무것도 모르던 어린 시절, 가족
이 둘러앉은 탁자에서 아빠는 엄마가 젊었을 때 어떤 일을 했는
지 신나게 이야기하고 있었습니다. 약 30년 전 엄마는 김포공항
에서 일했다고 합니다.

"거기서 엄마는 무슨 일을 했어?"

초롱초롱한 눈으로 바라보는 어린 딸에게 아빠는 이렇게 말
했습니다.

"뭘 하긴, 비행기 잘 날아가라고 꽁무니 밀어줬지!"

당시에는 엄마가 왜 배꼽을 잡고 웃는지 몰랐습니다. 그게
진짜가 아니었다는 걸 알게 된 건 머리가 한참 더 크고 나서였

죠. 비행기 엉덩이 밀어주는 역할은 아니었지만 김포공항에서 청춘을 보낸 엄마의 모습이 그대로 이어진 것처럼 이제 다 큰 딸은 엄마의 그림자를 기억하며 인천공항으로 출근합니다. 아쉽게도 그네 밀듯 비행기를 밀지는 않지만요. 대신 하늘을 보며 삽니다.

저는 인천공항에서 계류장 관제사로 일하고 있습니다. 관제사는 하늘 가까이에서 해가 쨍쨍한 낮에도, 달이 아른히 걸려 있는 밤에도 비행기가 오가는 길을 안전하게 밝히는 역할을 합니다. 출발 준비가 다 된 비행기를 활주로까지 내보내거나, 활주로에 내린 비행기를 공항 터미널까지 안내하는 사람이 바로 계류장 관제사거든요. 높은 관제탑에서 공항을 내려다보면 작은 기차역 크기의 비행기가 손톱만 하게 보인답니다. 비행기 뿐이게요? 안전한 운항을 돕는 공항 사람들도 관제탑에서는 깨알같이 작은 점처럼 보여요. 파란 하늘을 배경 삼아 알록달록한 손톱과 점들을 구경하다 보면 하루가 눈 깜짝할 사이 지나갑니다. 세상 모든 걸 작고 귀엽게 만들어 버리는 관제탑에서의 생활과 항공 이야기들을 이 책에 녹여냈습니다.

제 필명은 '소진'인데, 짓고 보니 엄마 이름 '서진'에서 따 온 모양이 되었습니다. 이런 게 운명 아닐까요? 비행기를 뒤에서 밀어준 엄마 덕에 이제는 하늘을 보며 글까지 쓰는 행운을 누리고 있습니다.

운명에 이끌려 이 책을 손에 쥔 당신에게도 행운이 찾아오기를 마음 가득히 담아 바랍니다.

독자 여러분, 이 책은 곧 이륙하겠습니다. 고맙습니다.

2025년

민이정

차례

2장 항공교통관제사로 사는 법

1장
하늘과 공항과 별과

공항에서 모르는
사람에게
포옹당하다

내가 일하는 직장에서는 새로운 사람을 만날 기회가 별로 없다. 그 점이 늘 아쉽다. 다양한 사람을 만나는 직군이 아닌 데다가 비대면으로도 충분히 잘 굴러가는 일인 '관제'를 하다 보니 일단 타워에 들어가기만 하면 라푼젤 신세로 근무를 마칠 때까지 한 자리에 머물러 있어야 한다. 그래도 관제탑 안에서 라푼젤 1, 라푼젤2, 라푼젤3 등등이 서로 농담도 하고 장난도 치며 나름 발랄하게 지내긴 한다.

근무 시간 중 유일하게 관제탑에서 탈출할 수 있는 때가 있다. 원한다면 사람 구경을 잔뜩 하고 돌아올 수도 있다. 바로 식사 시간이다. 게으름에 진 날에는 밖으로 나가는 것조차 귀찮아 숙직실에서 한숨 자고 말지만, 아이스 카페라떼가 그리운 날에는 무거운 발을 이끌고 직원 식당으로 향한다. 이상하게 회사에서는 입맛이 영 좋지 않아 요즘에는 밥 대신 직원식당 카페에서 커피를 마시곤 한다. 내 근무 장소인 인천공항 제1계류장관제소나 제2계류장관제소는 각각 탑승동과 2터미널과 연결되어 있어서 여객 도착층에 있는 직원 식당을 이용할 수 있다. 도착층을 통해 직원 식당으로 가다 보면 사람들이 자주 내게 길을 묻는다. 길을 잘 알게 생긴 데다 출입증까지 목에 걸고 있는 나를 보면 길을 몰라 불안해하고 있는 여객이 눈을 반짝이며 구조요청 신호를 보낸다. 말이 안 통하면 손짓과 발짓을 동원해 환승 여객은 갈아탈 수 있는 곳으로, 도착 여객은 터미널 밖으로 나가는 길을 알려준다. 얼마 전 길을 알려준 여객은 정말 고맙다며 내게 찐한 포옹을 선물했다. 당황스럽기도 했지만, 동시에 괜히 뿌듯해지는 마음을 끝내 숨기지 못하고 이상한 사람처럼 실실 웃으며 관제탑으로 돌아왔다.

미국에서 10년 동안 살다가 이제야 중국으로 돌아간다던 아주머니 두 분은 그렇게 그리던 고국 땅을 안전히 밟았는지 문득 궁금하다. 따뜻한 포옹과 "땡큐" "씨에씨에"라는 말을 남기고 신나게 캐리어를 끌고 가던 뒷모습이 왜 그리 좋던지. 1터미널 체크인 카운터에서 여객을 안내하는 실습을 했던 오래전 겨울이 '새록' 생각났다. 겨울방학이 되면 대학 졸업반 학생들을 대상으로 지상조업사인 스위스포트에서 실습생을 모집했다. 4학

년을 앞둔 겨울, 제주 정석비행장에서 실습을 마치고 곧바로 공항 실습생이 되어 1터미널에서 근무했다. 우리가 맡았던 항공사는 에어캐나다와 루프트한자였고, C와 J카운터로 입장하는 줄 앞에서 여객을 안내했다. 탑승권 발급처럼 거창한 일은 아니었지만 공항에 출근한다는 사실이 얼마나 떨리고 기뻤는지 모른다. 이곳에서 근무할 날을 기다리며 매일 여객에게 물었다.

"오늘은 어디로 가시나요?Where are you going today?"

비행기가 다니는 길,
쓰레기를
주워라

'플로깅Plogging'이라는 단어는 아직 우리에게 생소하다. 스웨덴에서 처음 시작된 말인 플로깅은 조깅하며 쓰레기를 줍는 행위를 의미하는데, 환경보호만이 아니라 체력까지 단련한다는 두 가지 장점을 갖고 있다. 꼭 환경보호를 위해서는 아니지만 플로깅을 숨 쉬듯 실천해야 하는 곳이 있다. 바로 공항이다.

공항은 크게 여객이 출국 수속하기 전 짐을 부치고 밥도 먹는 공간을 의미하는 '랜드사이드Landside'와 수속 이후 출국 상태가 되어 면세 쇼핑을 하는 공간 그리고 활주로나 유도로 등 항행시설이 위치한 '에어사이드Airside'로 나뉜다. 공항 현장에서 밤낮없이 근무하는 관제사나 지상조업사 인원은 공항 구역 중 E구역이라 불리는 에어사이드 이동 지역에 거의 매일 출입한다.

E구역에 포함되는 곳 중에서 비행기가 바퀴를 굴려 지나다니는 길인 유도로와 활주로는 반드시 깨끗해야 한다. 항공기 바퀴인 '랜딩기어Landing Gear'가 이물질을 잘못 밟아 딱딱한 물체 같은 것이 튀어 오르면 동체가 손상될 수 있기 때문이다. 항공기 이동 지역 땅 위에 방치된 쓰레기를 우리는 '지장물Foreign Object Debris, FOD'이라 부른다.° 심지어는 '사람' 또한 적절하지 않은 타이밍에, 적절하지 않은 장소에 위치해 있다면 이동 지역의 FOD로 취급할 수 있다.

대부분의 FOD는 항공기를 점검하거나 등화(인천공항에는 공항 시설의 위치를 표시하는 다양한 종류의 등화가 있다) 또는 유도로(공항 계류장 위에서 항공기가 이동하는 길) 시설을 보수할 때 많이 생긴다. 그래서 지상조업사나 작업자 등 이동 지역 내 직원들은 작업 전후로 FOD를 반드시 확인하고 수거해야 한다. 그런데도 눈에 띄지 않았거나 바람에 날려 멀리 도망간 FOD는 이동 지역의 안전을 관리하는 공항 부서인 이동지역안전관리소에서 유도로를 점검할 때 수거한다.

얼마 전에는 관제탑에서 차를 타고 공항 밖으로 나가던 도중 유도로와 차량 도로 교차점에 정지하는 지상조업 장비와 마주쳤다. '여긴 항공기가 다니는 길이라 정지하면 안 되는데' 하

° 지장물은 이동 지역 내에 항공기 운항에 잠정적 위험 요소가 될 수 있는 의도하지 않은 이물질 또는 파편을 말한다.

고 생각하는데 지상조업 직원이 문을 열고 장비에서 내리는 것이 아닌가! '어? 저러면 더 안 되는데?' 하던 찰나, 직원은 그 위에 떨어진 쇳조각 같은 쓰레기를 얼른 줍고 다시 장비에 올라탔다. 직접 FOD를 수거하는 모습은 처음 봤다. '이동 지역에서 근무하는 사람은 누구든 길 위에 떨어진 쇳조각이든, 비닐봉지든 항공기의 안전한 운항에 위험 요소가 될 만한 것을 줍는 센스가 필요하겠구나!' 하며 정말 멋진 모습이라고 생각했다.

실제로 이륙활주 도중 활주로에 떨어져 있던 작은 부품을 밟아 사고가 난 사례가 있다. 그래서 유도로든, 활주로든 항공기가 다니는 길에서 위험이 될 만한 것을 자발적으로 제거하는 행동은 항공 안전에 이바지하는 아주 멋진 봉사활동이 될 수 있는 것이다. 자기 일처럼 장비에서 내려 FOD를 수거한 직원을 존경하지 않을 수 없다.

오늘은
비행기 미는 날

　살면서 직접 비행기를 밀어본 사람이 몇이나 될까? 이륙을 위해 활주로에 선 비행기 꽁무니를 그네 밀듯 밀어주었다는 엄마처럼 내게도 비행기를 밀어주는 장비에 탈 기회가 주어졌다. 아시아나항공의 조업을 담당하는 아시아나에어포트 조업사의 도움으로 출발 편의 푸시백을 돕는 차량에 탑승한 것이다.

　인천공항 여객터미널은 전부 항공기 머리를 터미널 쪽으로 집어넣는 '노즈인Nose-In' 방식으로 설계되었다. 항공기가 출발하기 위해서는 터미널에 붙였던 머리를 뒤로 빼고 동체를 비행기가 지나다니는 길인 유도로에 올려놓아야 한다. 항공기의 '후진'은 이론적으로는 가능하지만 후류의 위험성을 고려해 '토잉카Towing Car'라 불리는 견인 차량의 힘을 빌린다. 이 견인차를 항공기 머리 아래에 있는 바퀴와 연결해 앞으로 밀면서 동체를 유도로에 올려놓는 것이다. 이걸 '푸시백Push-Back'(후방 견인)이라 부르는데, 인천과 김포에서는 계류장 관제사가 이 푸시백 허가를 담당한다. 하지만 관제사는 그야말로 푸시백을 해도 되는지 안 되는지에 대한 '허가'만 줄 뿐이고, 항공기를 움직이는 인원은 따로 있다. 출발 준비 중인 항공기에 타기 위해 탑승교로 걸어 들어가다 보면 창밖으로 돌아다니는 사람들이 보일 것이다. 짐을 싣거나, 어떤 선 같은 걸 연결하고 있거나, 항공기를 밀기 위한 견인 차량 쪽을 바쁘게 오가는 인원 말이다. 이들이 비가 오나 눈이 오나 바람이 부나 항상 그곳에서 항공기의 안전한 출발을 돕는 사람들! 바로 '지상조업 요원'이다.

아시아나에어포트에서 안내받은 시각에 맞춰 출발 항공기가 있는 주기장에 도착했다. 견학을 도와줄 팀장님과 인사를 나누고 준비하는 모습을 지켜봤다. 궁금한 게 있으면 언제든 물어보라고 따뜻하게 말씀해주어서 진짜 부담 없이 여쭤보았다. 팀장님은 경력이 36년이나 되었다고 한다. 인천공항 개항 전 김포공항에서부터 일한 것이다. 덧붙이시기를 "근데 내일모레가 끝이에요" 하기에 정말이냐고 되물으니 진짜 은퇴를 앞두고 있었다. 관제탑에서 무전 교신을 하다 보면 아빠 연배쯤 되어 보이는 분들의 목소리가 종종 들리곤 하는데 팀장님 같은 베테랑이었던 거다. 비행기를 유도로로 미는 것도 숙련된 기술이 필요하다.

가끔 조업사에서 견인 교육을 한다며 화물계류장 끝단의 주기장 사용을 요청하기도 한다. 그 무거운 비행기에 '토우바Tow Bar'를 연결하고 견인 차량에 탑승해 오로지 핸들만으로 방향을 맞추어야 하니, 한두 번 해봐서는 감이 잘 안 잡힐 것이다. 나는 견인 차량을 직접 운전하지는 않았고, 조수석에서 일이 진행되는 과정만 살펴봤다.

현장은 너무나 시끄러웠다. 모든 사람이 귀에 주황색 귀마개를 꽂고 있는 이유가 있었다. 비행기가 메인 엔진을 켜지 않은 상태에서도 거의 100데시벨은 족히 될 것 같은 소리가 났는데 조용한 관제실과는 천지 차이였다. 관제사와 교신하는 무전기 소리가 잘 들릴까 싶을 정도였다. 관제사는 여러 요청이 한꺼번에 들어와 알아듣기 힘든 부분이 있다면, 지상은 그야말로 소음과 싸우며 교신하고 있었다. 교신할 때 천천히, 정확하게, 크게 말해야 하는 이유가 더 명확히 와닿았다.

항공기는 출발 준비를 거의 마쳤다. 내가 탄 항공기가 언제쯤 출발할지 알고 싶다면 다음 몇 가지가 진행되고 있는지를 확인하면 된다.

1. 승객 탑승교가 떨어졌는가?
2. 비행기 날개 밑 러버콘Rubber Cone이 치워졌는가?
3. 견인차가 항공기 앞바퀴와 연결되었는가?

4. 안전요원Wing Guard이 기체 뒤쪽 주기장 보호선 가장자리에서 대기하고 있는가?

5. 화물칸 등의 문이 전부 닫혔는가?

이 다섯 가지가 모두 준비되면 조종사는 관제사에게 푸시백을 요청할 수 있다. 내가 탄 견인 차량은 인천공항 1터미널 푸시백 완료지점인 POINT2로 푸시백 절차를 허가받았다. 날씨가 좋았는데도 노란색의 유도로 중심선을 식별하기 어려웠는데, 비가 오거나 흐린 날에는 말 그대로 '감'으로 비행기를 민다는 팀장님 말이 이해되었다. 출발 위치에 항공기를 옮겨놓은 뒤 견인 차량은 그 자리를 신속히 이탈해야 한다. 견인차를 타고 항공기가 출발하는 길옆으로 비켜난 뒤 조종사와 교신하는 인터폰맨Interphone Man°이 나오기를 기다렸다. 모든 인원이 이탈하고 나면 조종사에게 출발 준비가 완료되었다는 사인을 건넨다. 이후에는 항공기에 탄 승객들에게 잘 다녀오라며 가볍게 손을 흔든다. 나도 옆에 서서 신나게 손을 흔들었다. 이렇게 모든 절차가 끝나면 다른 항공기 견인을 위해 곧바로 이동해야 한다.

굿은날에도, 아주 뜨거운 날에도 인천공항은 24시간 운영된다. 잘 보이지 않는 곳에서도 묵묵히 항공기의 출발과 도착을 돕

° 항공기가 출발을 위해 푸시백을 할 때나 도착해 주기장으로 들어갈 때 정확한 위치에 설 수 있도록 조종사와 교신하는 업무를 하는 사람.

는 지상조업 요원이 없다면 공항은 돌아갈 수 없다. 언젠가 비행기를 타게 된다면 창밖으로 잘 다녀오라며 인사하는 지상조업 요원과 정비사에게 손 한번 흔들어 주시길.

비가 많이 오는데,
오늘 비행기
뜰까요?

대학교에서 항공기상학 강의를 들을 때의 기억이다. 교수님
은 모 항공사에서 운항관리사로 일했는데, 항공 분야에 오래 종
사한 만큼 열정과 실력이 대단하셔서 모든 학생이 우러러보는
분이었다. 어느 날 교수님은 이런 얘길 하셨다.

"저는 아침 출근길마다 기상 정보를 꼭 확인했어요. 요즘은
휴대전화 앱으로 다 나오죠? 항공기상청 앱으로 들어가면 공항
별 METARMETeorological Aerodrome Report°와 TAFTerminal Aerodrome
Forecast°°를 확인할 수 있잖아요. 이거 안 보고 출근하면 항공종

° 정시 관측 보고. 각 공항의 현재 기상정보를 알려주는 정보로 매시 정
   각 발표하며 교통이 많은 인천공항은 특별히 30분마다 발표한다.
°° 공항 예보. 공항 기상을 예측해 알려주는 정보로 하루 4회 발표한다.

사자 아니야."

시간이 흘러 나는 기상정보 대신 출근할 때 하늘을 보고 오늘의 날씨를 때려 맞추는 '야매' 항공종사자가 되었다. 날씨는 항공기 운항과 떼어놓을 수 없는 요소다. 우리 팀 관제사 관점에서 서술해 보자면, 최악의 날씨는 '눈이 많이 올 때'다. 눈이 오는 순간 비행기는 동체 위에 쌓인 눈을 제거하고, 다시 얼지 않도록 용액을 뿌려야 한다. 폭설 상황에서 관제사들은 엄청나게 바빠진다. 계류장에 내려앉은 눈을 치우는 제설팀과 눈 녹이러 제방 빙장으로 이동하는 항공기를 통제하는 것이 관제사의 역할이기 때문이다. 강설 상황이 끝난 뒤 몰려나오는 출발 항공기를 질서 있게 내보내는 것도 관제사의 몫이다. 사람들은 보통 눈보다는 천둥번개가 치거나 비가 쏟아질 때를 더 걱정하는데, 사실 천둥번개나 비보다는 '강한 바람'이 더 좋지 않은 기상이다. 비가 내리긴 내리는데 얌전히, 바람도 안 불고 조용히 내린다면 비행기는 아주 편안히 이착륙한다. 하지만 바람이 강하게 불 때는 이착륙이 몹시 어려워진다.

내가 맡은 시간에 풍수해 주의단계, 천둥번개 경보, 강풍 경보 그리고 급변풍 경보까지 4콤보로 악기상이 예보된 날이 있었다. 비만 내린다면 공항 유도로에서 등화나 토목 작업이 진행되지 않기 때문에 오롯이 항공기에만 집중할 수 있어 좋은 점도 있다. 그런데 비에 더해 천둥번개까지 치면 계류장에서 항공기의 출도착을 지원하는 지상조업이 일시적으로 중단된다. 조업 인원이 번개를 피해 계류장에 나오지 않아서다. 그렇게 되면 출발하려는 항공기의 푸시백을 하지 못한다. 도착한 항공기 역시 주기장으로 들어가지 못하고 유도로에서 대기해야 한다. 강풍이나 급변풍 경보도 이착륙 모두에 영향을 준다. '급변풍Wind Shear'이란 갑작스럽게 수직 또는 수평 방향으로 작용하는 바람을 일컫는다. 양력의 힘으로 하늘을 나는 항공기는 이착륙 중에 바람의 영향을 무척 많이 받는다. 측풍이 불거나 바람이 거세어 이착륙 한계치에 도달하면 출발 항공기는 활주로 앞에서 줄줄이 대기해야 하고, 도착 항공기는 내리지 못한 채 인천 상공을 빙글빙글 돌아야 한다.

한번은 정해진 이륙 순서에 맞춰 항공기를 열심히 활주로까지 내보내다가 잠시 숨 돌릴 틈이 생겨 항공기가 착륙하는 장면을 지켜본 적이 있다. 어찌나 바람이 심한지 연속으로 4~5대의 항공기가 착륙을 시도하다가 실패하고 '복행Go Around'°해야 했다. 이륙하려고 길게 줄지어 선 항공기 행렬도 보였다. 대략 10대의 항공기가 바람 때문에 뜨지 못하고 유도로에 그대로 서 있었다. 아주 빡빡하게 2분에 한 대씩 이륙한다 해도 모든 항공기가 뜨려면 20여 분이 걸릴 일이다. 마침 계류장에서 활주로로

° 항공기가 여러 요인으로 정상적인 착륙이 불가능할 때 조종사의 판단에 따라 다시 이륙하는 상황을 말한다.

나가겠다는 항공기를 잠시 잡았다.

> **Apron**: ABC123, Apron?(알파벳123, 에이프론?)
>
> **Pilot**: Apron, ABC123(네, 말씀하세요).
>
> **Apron**: Departures are being grounded due to strong wind. Expect some delay(지금 바람이 너무 세서요. 항공기들이 이륙을 못하고 대기하고 있습니다. 지연이 예상됩니다).
>
> **Pilot**: Roger(알겠습니다).

TMI를 남발해 주파수를 복잡하게 만드는 건 좋지 않지만, 지금처럼 계류장에 항공기를 잡아둘 때는 지연 사유를 알려주는 게 좋다.

승객으로서 착륙 복행은 아찔한 경험이다. 고도를 점점 낮추며 당연히 땅에 닿을 거라고 예상했던 항공기가 상하좌우로 흔들리며 '부웅' 하고 다시 떠오르는 상황에 심장이 철렁했던 이가 아마 여럿이었을 것이다. 그래도 인천공항은 제주공항만큼 바람이 강하거나 변화무쌍하지 않아서 바람이 적당히 가라앉은 시점에 다시 착륙하면 되니 크게 걱정할 필요는 없다. 또 악기상에 대비해 항공기상청에서 시시각각 급변풍 경보나 강풍 경보, 천둥번개 경보, 풍수해 단계, 지진 단계 등을 전파하고 있고, 공항 현장 근무자들이 기상정보에 맞춰 항공기의 안전한 출도착

을 위한 대비도 하고 있다. 날이 좋지 않으면 운항이 조금 지연
될 수는 있겠지만 결항되는 경우는 무척 드물다. 그러니 '비가
많이 오는데 오늘 비행기 뜰 수 있나?' 하는 걱정은 잠시 접어두
어도 괜찮다.

특명,
비행기에 붙은
얼음 옷을 벗겨라

눈이 올 때 출발하는 항공기를 타본 사람이 얼마나 될까? 눈이 오면 공항이 바빠져 내가 타는 항공편이 지연될 수 있다는 건 다들 알고 있겠지만, 이륙을 위해 항공기에 탑승한 뒤에도 한두 시간씩 날지 못하고 공항에 발이 묶이는 경우가 생기기도 한다. 따뜻한 나라에 벌써 도착해 맛집을 돌아다니고 있어야 할 시간인데 항공기가 나를 파라다이스에 데려다 놓을 생각을 안 한다면 '별로 붐비는 것 같지도 않은 공항에 갇혀 왜 의미 없는 시간을 보내야 하나' 싶을 수 있겠지만, 억울한 항공기의 입장도 조금 이해해 주시기를. 사실 그 시간은 의미 없는 시간이 아니다. 눈이 강제로 비행기에 입힌 얼음 옷을 떼어내는 필수적인 안전 작업이 진행되는 시간이기 때문이다. 따뜻한 털실 뜨개옷을

온몸에 둘둘 감싸고 있어도 추운 겨울에 억지로 입고 있는 차가운 얼음 옷은 당연히 벗겨줘야 하니까.

항공기 동체 표면에 붙은 얼음은 항공기 운항에 치명적인 영향을 미친다. 출발 전 항공기 날개에 붙은 얼음을 제거하는 작업을 '제빙De-Icing'이라 하고, 위로 올라갈수록 차가워지는 하늘에서 동체에 또다시 얼음이 붙지 않도록 하는 작업을 '방빙Anti-Icing'이라 부른다. 두 단어를 묶어 '제방빙'이라 일컫는데, 습도가 높거나 기온이 낮은 겨울에는 모든 출발편이 거의 필수로 진행하는 작업이다. 나는 눈 오는 날 항공기를 타본 적이 없어서 기내에서 대기하는 그 시간이 얼마나 지루한지 잘 모르지만, 굴러가는 것도 아니고 정해진 장소에 가만히 서 있는 항공기 안에 있다고 생각하면 정말 따분할 것 같긴 하다.

이제 궁금해진다. 그러면 빗자루로 마당을 쓰는 것처럼 항공기에서 눈을 쓸어내리는 걸까? 예전에는 원시적인 방법을 사용해 빗자루로 날개에 쌓인 눈을 치우기도 했다. 지금도 아주 작은 항공기에 쌓인 눈은 고무 밀대로 긁어내거나, 빗자루로 쓸거나, 고압의 공기로 날려버린다. 인천공항처럼 큰 항공기가 이착륙하는 바쁜 곳에서는 더 효율적이고 신속한 방법을 사용하는데, 뜨거운 물이나 제방빙 용액을 사용해 눈을 녹이는 것이다. 제방빙장에 항공기가 들어가면 제방빙 용액을 실은 트럭에 사람이 직접 탑승해서 동체 표면에 용액을 뿌린다. 이 용액은 글리

콜Glycol을 주성분으로 하며, 제1형 용액을 고온에서 분사해 동체의 얼음과 눈을 녹인다. 이후 점도를 높인 글리콜인 제4형 용액을 동체 표면에 뿌려 얼음이 얼지 않도록 한다. 글리콜 계열 용액은 생분해가 가능하지만, 이 과정에서 산소를 많이 소모하는 문제가 있어 자연에 직접 방출하지 않고 공항 내 폐수 처리 시설을 통해 거른 후 배출한다. 용액을 사용하지 않는 방법도 있다. 곧 환경오염과 지구온난화 이슈를 고려해 격납고 시설을 적외선으로 데운 뒤 항공기를 집어넣어 얼음을 자연스럽게 녹이는 것이다. 전자레인지에 냉동식품을 넣고 돌리는 것처럼 고온의 '행거Hangar'에서 동체에 쌓인 얼음을 없애는 방법이다. 사람의 손이 닿아야만 눈과 얼음을 녹일 수 있었는데, 기계에 들어가는 것만으로 눈과 작별할 수 있다니 얼마나 간편하고 좋은가! 실제로는 항공기가 행거를 먼저 통과한 뒤 최소한의 제방빙 용액을 사용해 눈과 얼음을 치운다고 한다. 그런데 설치 비용이 너무 비싸다 보니 아무 데서나 볼 수 없는 장치라는 게 흠이다(인천공항에는 없다).

　하늘에서 하얀 눈이 펑펑 내리면 항공기들은 인천공항 계류장 밖으로 바퀴를 떼지 못한다. 제방빙장을 배정하고, 그곳까지 이동시키는 것은 계류장 관제사의 업무다. 제방빙하는 항공기가 많은 경우에는 관제석을 추가로 더 열어야 한다. 수도권에 엄청난 눈이 내렸던 날, 자기 주파수에 50대 이상의 항공기를 데리고 있었다는 선배의 이야기는 상상만 해볼 뿐 얼마나 바빴을지 가늠도 되지 않는다. 관제사는 호출부호°로 항공기를 구분하는데, 내 주파수에만 50여 대의 항공기가 있었다면 바깥에 늘어서 있는 항공기가 어느 항공기인지 전혀 알 수 없었을 것이다. 이렇게 바쁠 때는 밥 먹는 시간도 사치다. 장병들에게 '하늘에서 내리는 예쁜 쓰레기' 취급을 받는 그것은 공항 관제사에게도 마찬가지다.

항공기 표면과 마찬가지로 공항 계류장의 눈과 얼음도 당연히 녹이거나 치워야 한다. 차량이 빙판길에 미끄러지는 것처럼 항공기도 미끄러질 수 있기 때문이다. 눈이 오면 제설차로 눈을 밀어 유도로 가장자리에 '스노우뱅크Snow Bank'를 쌓는데, 나중에 이 스노우뱅크를 녹이는 데도 시간이 꽤 오래 걸린다. 요즘에는 눈 오리를 만드는 집게 때문에 눈이 남아나지 않는다고 하니 '공항 스노우뱅크로 눈 오리 만들기!' 체험이라도 하면 친환경적 방법으로 재빠르게 눈을 없앨 수 있지 않을까 이상한 상상을 해본다. 비행기 바퀴에 밟혀 때가 탄 탓에 흰 오리가 아니라 검은 오리일 수도 있겠지만.

° 항공기의 관제용 이름. 대한항공 123편은 'KAL123'로 표시하고, "코리안에어 원 투 쓰리"라고 읽는다.

아홉 시는
09시, 21시
아니면 00시?

타워에서 일할 때 단순히 '아홉 시'라고 시각을 얘기하는 건 곤란하다. 오전 9시인 09시를 뜻할 수도 있고, 오후 9시인 21시를 뜻할 수도 있고, KST_{Korea Standard Time}°라면 UTC_{Universal Time Coordinated}°°로 00시를 뜻하는 것일 수도 있으니까. 이렇게 헷갈리는 건 조금 특이한 항공 업계의 시간 표기법 때문이다.

12시간제 vs 24시간제

일반적인 직장인의 근무가 아침 9시에 시작해 저녁 6시에 마무리되는 것과 달리, 항공 업계는 24시간 내내 'On-Air' 상태

° 한국 표준시. 동경 135도 기준의 시각으로, 우리가 쓰는 시간대다.

°° 국제 표준시. UTC에 9시간을 더하면 KST이다.

다. 따라서 항공 업계에서는 시간을 이야기할 때 당연히 24시간제를 적용하며, 00시 00분 00초부터 23시 59분 59초까지가 시간 범위다. 24시 00분 00초는 없는 시각이다. 관제사가 관제 교신을 할 때도 24시간제를 기본으로 한다. 오전A.M.이나 오후 P.M.는 교신에서 쓰지 않는 단어다. 쉴 새 없이 항공기가 오가는 공항에서 근무하는 사람들은 24시간제에 굉장히 익숙하다. 전 세계 어디를 가든 항공기 출발편과 도착편 안내 화면의 출도착 시각이 24시간제로 표시되는 걸 볼 수 있을 것이다.

내 휴대전화 시각도 언제부터인가 24시간제로 고정되어 있다. 관제사가 되기 전에도 약간 애매한 12시간제보다 대충 봐도 확실한 24시간제 표기를 선호하긴 했다. 누군가 "이따 아홉 시에 약속이 있어"라고 말하면 그게 오전인지 오후인지 한 번 더 물어봐야 하는 수고가 따르기도 하니까. 평소 "이따 21시에 약속이 있어"라고 말하는 건 조금 부자연스럽긴 하지만 직업병의 일환으로 가끔 입에서 튀어나온다. 휴대전화 화면에 표시된 '17:38' 같은 시각을 보고 친구들이 왜 그렇게 쓰는 거냐며 묻기도 하는데, 실생활에서도 12시간제 대신 24시간제를 사용하는 게 나는 훨씬 편하다. 첫째로 24시간제가 국제 표준인 'ISO 8601'에 부합하기 때문이며, 둘째로는 혹시 모를 혼동을 방지할 수 있어서다.

16:45
16:45 Dusseldorf
16:50 Toulouse
16:50 Lisbon
16:55 Bristol
16:55 Athens
17:00 Malaga
17:30 London
17:30 London
17:30 Amste
7:35 Porto
7:40 Buda

국제 표준시 UTC vs 한국 표준시 KST

항공은 하루 종일 On-Air인 데다 비행기는 시간대를 넘나들며 전 세계를 왔다 갔다 한다. 당장 바로 옆 중국으로만 가도 한국과 한 시간의 시차가 존재한다. 수시로 적용 시간대를 바꾸는 것보다는 어떤 한 시간대를 항공의 표준 시간으로 사용하는 것이 편할 것이다. 운항 중인 항공기는 항상 국제표준시(협정 세계시)인 UTC를 기준으로 시간을 다룬다. UTC는 경도 0도에 있는 영국의 그리니치천문대를 기준으로 하는 시각으로, 한국 표준시인 KST보다 9시간 느리다. 조종사와 관제사가 교신할 때는 반드시 UTC 기준의 24시간제를 사용하게 되어 있다. 이륙하기 전이더라도 항공기가 운항 중인 순간부터는 UTC를 사용해야 한다.

한국 표준시인 KST는 관제 교신을 할 때는 사용하지 않는다. 하지만 계류장 관제사가 다루는 어떤 프로그램은 KST가 기본으로 되어 있고, 행정 업무도 KST를 기준으로 해야 해 가끔 헷갈릴 때가 있다. 특히 항공기에 푸시백 허가를 줄 수 있는 '목표엔진시동시각TSAT'이 우리 시스템에는 KST로 표기되어 있어 조종사에게 해당 시각을 알려줄 때는 다시 UTC로 역산해야 한다. 나처럼 계산에 약한 인간은 머릿속으로 UTC와 KST를 변환할 때 2초 정도 딜레이가 생긴다.

이처럼 항공 업계는 UTC를 기준으로 돌아가기 때문에 필수 정보를 전달하는 '노탐NOtice To Air Man, NOTAM'[°]이나 'AIP Aeronautical Information Publication'[°°]도 반드시 UTC로 날짜와 시간을 표기한다. 한국에서 살기 때문에 출퇴근할 때는 KST로 생각하고, 항공 정보를 다룰 때는 UTC로 전달해야 하니 매일매일이 시간 계산의 연속이다.

이런 이유로 타워에서 단순히 '아홉 시'라고 시각을 얘기하면 의도치 않은 혼란을 불러일으킬 수 있는 것이다. 관제사들끼리 근무 중에 발생한 내용을 메일로 공유할 때는 그래서 이렇게 날짜까지 덧붙여 표시하곤 한다.

○○○ 발생

- 편명: ABC123
- 발생 시각: 9.15. 09:00(KST)

관제사는 시간에 집착할 수밖에 없는 직업이다.

[°] 항공고시보. 항공기 운항과 관련된 일을 하는 사람이 적시에 알아야 하는 정보를 전 세계적으로 전달 및 배포하는 공고문.
[°°] 항공 정보 간행물. 항공기 운항에 필수적이고 영구적인 항공 정보를 수록한 간행물.

인천공항의
또다른 이름,
RKSI와 ICN

해외여행을 위해 인천공항에서 출국해 본 경험이 있다면 ICN이라는 글자가 매우 익숙할 것이다. 캐리어에 붙는 수하물 태그에 출발지 공항인 인천공항의 코드가 크게 적혀 있기 때문이다. ICN이라는 알파벳 코드는 '국제항공운송협회International Air Transport Association, IATA'에서 정한 인천공항의 공식적인 세 자리 코드로, 'IATA 공항코드'라 부른다. IATA 코드는 세계의 여러 공항에 서로 겹치지 않는 코드를 할당한다. 한국 공항의 IATA 코드는 공항 알파벳 철자와 비슷하게 구성되어 있어서 알아보기 쉽다. 이를테면, 인천공항INCHEON은 ICN, 김포공항GIMPO은 GMP, 제주공항JEJU은 CJU처럼 말이다.

그럼, RKSI라는 코드는 들어봤는가? RKSI도 인천공항을 나타내는 공식적인 네 자리 코드다. 관제 업무를 할 때는 이 코드를 사용한다. 네 자리 코드는 IATA가 아닌 국제민간항공기구 International Civil Aviation Organization, ICAO에서 사용하는 코드인데, 특정 규칙에 따라 정해진다. 공항의 영어 이름과는 전혀 상관없이 지리적 특성을 반영해 코드를 할당한다. 동아시아 국가인 한국, 일본, 대만, 필리핀이 'R'을 제일 첫 글자로 사용한다. 그중 우리나라 공항은 'Korea'라는 국가 영문명에 맞게 'RK'로 시작하는 코드를 배정받았다. 셋째 자리는 지역별로 구분한다. 서울, 경기, 인천 등 수도권은 'S'를, 강원권은 'N'을, 충청권은 'T'를, 영남권과 제주는 'P'를, 호남권은 'J'를 사용하고 있다. 대구공항은 영남권이지만 셋째 글자로 T를 사용하는 등 예외가 있다. 넷째 알파벳은 일반적으로 공항 위치나 이름에 해당한다. 인천의 I를 따서 인천공항은 RKSI가, 김포공항은 서울의 S를 따서 RKSS가 되는 식이다. 제주공항은 C를 사용해 RKPC라고 한다.

R   K   S   I
대륙   국가   지역   위치

공항 이름을 짧은 코드로 표현하면 어떤 게 좋은 걸까? 음성통신이 대중화되기 이전에는 항공 업계도 모스부호 같은 무선 전신을 사용해 통신했다. 전신을 주고받을 때는 글자 하나하나가 곧 돈인데, 모든 글자를 사용해 전신을 주고받기에는 비용이 부담되니 약어를 사용해 의사를 주고받기 시작한 것이다. 약어를 사용하면 'INCHEON AIRPORT'라는 열네 글자 대신 간단히 ICN나 RKSI 같은 서너 자로 표현할 수 있으니 매우 효율적이다.

공항만이 아니라 항공사도 알파벳 코드를 사용한다. 항공사는 공항과는 구분되도록 한 글자씩 짧다. 이를테면, 대한항공은 IATA의 두 자리 코드로 KE를, ICAO의 세 자리 코드로 KAL을 사용한다. 두 자리 알파벳으로는 만들 수 있는 경우의 수가 매우 적어 제주항공의 7C처럼 숫자를 섞어 사용하기도 한다. 관제 업무에 사용되는 코드는 역시 ICAO 코드이므로 관제사들은 KE가 아닌 KAL이라는 세 자리 코드로 항공사를 구별한다. 이 코드 뒤에 세 자리 또는 네 자리의 숫자를 붙이면 그게 바로 편명이다. 대한항공 123편은 KE123 또는 KAL123로 표현되는 것이다. 재미있는 사례로 일본 항공사인 피치항공은 IATA 코드로는 MM을, ICAO 코드로는 APJ를 사용한다. APJ는 약어라는 걸 알 수 있는데 두 자리 코드는 왜 뜬금없이 MM일까? 복숭아를 뜻하는 '피치Peach'가 일본어로 '모모もも'여서라는 얘기가 있다.

여담으로, 출국할 때마다 캐리어에 스티커를 붙여주는데, 그 스티커와 태그를 캐리어 꾸미는 용으로 놔두는 사람들이 있다. 그런데 이는 위험한 행동이다. 스티커가 여러 개 붙어 있을수록 수화물 정보가 꼬여 짐을 잃어버릴 확률이 높기 때문이다. 각 공항은 그 스티커로 수화물을 구별하는데, 여러 개가 붙어 있으면 사람이든 기계든 헷갈릴 수 있다. 캐리어를 예쁘게 꾸밀 때는 '러기지 태그Luggage Tag'처럼 생긴 건 되도록 피하시길!

드론과 오물 풍선은
관제사를
괴롭게 해

  평온한 주말 오후의 관제실이 소란스러워질 때가 있다. 특히 날씨가 좋고, 구름이 하늘에 그림처럼 걸려 있는 날에 아주 높은 확률로 발생하는 이벤트다. '따르릉' 울리는 전화를 받으면 어김없이 이런 소리가 들린다.

  "○○○에서 알려드립니다. 드론이 탐지되었습니다. 공항으로부터 6km 떨어진…"

  인천공항 관제권은 수평으로는 공항 반경 9.3킬로미터, 수직으로는 지표면으로부터 약 900미터에 해당하는 공간이다. 관제권에 들어온 항공기는 항공교통관제업무를 제공받는다. 그리고 이 관제권 안에서는 드론 비행이 제한된다. 곧 드론 비행제한구역으로 설정된 관제권 안에서 허가 없이 드론을 날리면 벌금을 물어야 한다. 가끔 누군가가 날린 드론이 공항에 설치된 드론 탐지시스템에 적발되어 경보가 울린다. 하늘이 높고 날이 좋으니 드론을 띄워 멋진 서해와 영종도 풍경을 카메라에 담고 싶었을 것이다. 하지만 재미로 띄운 드론이 공항 9.3킬로미터 반경 내에 들어오면 인천공항에는 비상이 걸린다. 이륙과 착륙이 전면 금지되는 상황이 발생할 수도 있다. 조종사는 활주로까지 열심히 달려가다가 또는 활주로에 막 내리려다가 관제기관으로부터 "드론이 탐지되어 이착륙 지연이 예상됩니다"라는 이야기를 들어야 한다. 실제로 드론이 언제까지 그곳에 있을지 모르기 때문에 관제탑에서는 항공기 이착륙이 얼마나 지연될지 조종사에게 설명해 줄 수가 없다.

드론 말고 관제사를 괴롭히는 물체가 하나 더 있는데, 바로 북한에서 보내오는 오물 풍선이다. 하필 이 오물 풍선은 늦은 밤이나 이른 새벽처럼 피로도가 가장 높을 때 출몰해 관제사를 매우 골치 아프게 한다. 풍선이 유유히 인천공항 상공을 떠다니다가 비행기 엔진 속으로 빨려 들어가거나 공항 계류장에 살포시 내려앉아 항공기가 무심코 밟으면 기체가 손상될 수 있기 때문이다. 오물 풍선은 활주로 방향 33/34를 사용할 때 자주 나타난다. 활주로 33/34를 사용한다는 것은 북풍이 불어온다는 의미이고, 그건 북한에서 띄운 풍선이 바람을 타고 남쪽으로 내려올 가능성이 아주 높다는 뜻이다. 야간 근무를 하는 동안 활주로

15/16를 사용하다가 갑자기 활주로 방향을 바꿀 때 섬뜩한 기분이 든다. 바람 방향이 바뀌면 언제 오물 풍선이 날아올지 모르는 일이니까.

지난여름에는 오물 풍선이 활주로 사이에 내려앉아 약 1시간가량 운항이 중단되었다. 이런 상황이 발생하면 일단 각 항공사나 관계 기관에서 관제실로 전화 문의가 빗발친다. 관제사는 주파수로 조종사들에게 계속 상황 설명을 해야 하고, 계류장 근처에 앉은 풍선을 수거할 수 있도록 작업자를 관리해야 한다. 풍선이 등장하면 조용하고 평화로웠던 관제실이 한순간 경매시장 분위기가 되어버린다.

홍보와 계도 활동으로 공항 근처에서 드론이 나타나는 일은 많이 줄었지만 오물 풍선은 여전하다. 오물 풍선이 잦아들고 나면 그다음에는 어떤 게 나타날지 걱정하지 않아도 될까.

관제탑 출근길은
멀기도 하여라

출국 수속을 밟고 면세점 쇼핑을 하다 보면 면세구역에 있는 직원은 도대체 어떤 길로 출근하는지 궁금할 수 있을 것 같다. 여행객이 면세구역에 출입하려면 여권을 지참하고 출국 심사를 받아야 하는데, 면세점 직원도 출퇴근을 위해 여권을 들고 다녀야 할까? 아니다. 직원은 여권 대신 '출입증'이라는 걸 사용해 출퇴근한다. 공항 상주직원, 그중에서도 면세구역이나 계류장에서 근무하는 사람들은 회사별 사원증이 아니라 공항에서 발급하는 출입증을 항상 패용하고 다닌다. 신분을 증명하는 정규 출입증을 소지하고 있어야 공항을 자유롭게 드나들 수 있다. 직원이 공항 내부로 출입할 수 있는 상주직원 전용 출입문은 생각보다 많은 곳에 있다. 직원은 출입증을 반드시 지참하고 소지품 스캔을 포함한 보안 검색을 받은 뒤에야 면세구역으로 입장할 수 있다. 매번 출근할 때마다 보안 검색을 받아야 하니 여간 귀찮은 일이 아니지만 지금은 꽤 익숙해져서 출입구에 들어가기도 전에 벌써 겉옷을 벗고 가방을 내려놓으며 소지품 스캔 준비를 마친다.

인천공항의 에어사이드는 각각의 특징에 따라 A에서 F까지 총 여섯 개의 보안구역으로 나뉜다. A구역은 관제시설 지역, B구역은 항공기 탑승 지역, C구역은 수하물 수취 지역, D구역은 부대 건물 지역, E구역은 항공기 이동 지역, F구역은 화물터미널 지역을 뜻한다. 계류장 관제탑은 D구역 소지자만 입장할 수 있다. 관제 업무가 이뤄지는 관제실은 또 A구역에 해당한다. 결론적으로 우리 팀 관제사는 A, B, D, E구역의 네 가지 카테고리를 모두 소지하고 있어야 출퇴근이 가능하다. 가끔은 깜박하고 출입증을 집에 두고 올 때가 있다. 출입증 없이는 에어사이드 진입이 불가능해 어떻게든 다시 출입증을 가지고 와야 한다. 다시 집으로 가서 출입증을 가져오기에는 시간이 부족해 출입증만 택시에 태워 배달시킨 적이 한두 번이 아니다. 이런 실수를 할 때마다 몇만 원이 우습게 날아가니 그날 일당은 없는 셈 치고 일하게 되는 것이다. 요즘에는 내 방문 옆 눈에 잘 띄는 곳에 출입증을 걸어두고 출근할 때 반드시 챙긴다.

출입증을 가지고 있으면, 특히 B구역 카테고리가 있다면 출

국 여객이 사용하는 식음시설을 이용할 수 있다. 자주 이용하는 곳은 아무래도 디저트와 커피를 챙겨 먹을 수 있는 카페다. 언젠가 카페에서 회사 동기를 만난 적이 있는데, 출입증 카테고리를 무려 여섯 개나 가지고 있었다. "와, 카테고리 다 있어서 좋겠다"라고 했더니 "좋은 게 아니야. 일 많이 하라는 뜻이라고" 하기에 서로 깔깔거리며 웃었다.

출입증은 내 몸의 일부인 것처럼 지니고 있어야 한다. 퇴근할 때도 출입증이 있어야 밖으로 나갈 수 있기 때문에 면세구역을 완전히 빠져나오기 전까지 출입증 목걸이는 필수다. 탑승동에서 셔틀 트레인을 탈 때는 인천공항에 도착한 여객들과 같이 이동하기도 한다. 셔틀 트레인에서 내려 에스컬레이터를 타고 올라가면 직원들은 여객들과 동선이 분리된다. 입국 수속을 받는 방향은 직원의 퇴근 동선과 반대 방향이다. 마지막으로 출입증을 태그하고 보안구역인 B구역에서 나와 랜드사이드에 다다르면 목걸이를 벗어도 괜찮다. 여객에 섞여 들어가면 이제는 직원이 아니라 공항 이용객이 된다.

하늘에서
엔진이
내린다면?

"신혼여행 가는데, 요즘 항공기 사고가 자주 나는 것 같아요. ○제조사의 항공기는 좀 무서워요. 혹시 기종을 미리 알 수 있을까요?"

이런 글이 요즘 인터넷에 심심찮게 올라온다. 최근 인천에서도 며칠 간격으로 비행기에 문제가 생겨 지연이나 회항이 잦았기에 민심이 좋지 못하다는 걸 느낀다. 하지만 좀더 자세히 들여다보면 사고가 난 항공기는 대부분 30년 이상 열심히 일한 친구들로, 일반적인 여객기 수명을 넘긴 상태인 것이 대부분이다. 물론 지속적으로 정비해서 문제없이 탈 수 있도록 하는 게 운항사와 제조사의 책임이다. 누군가는 이런 걱정이 괜한 거라고 이야기한다. 정말 우연히 한 제조사의 비행기에서 연속으로 일이

터지는 거라며 초연한 태도를 보인다. 그런데 몇 년 전부터 계속 자잘한 사고가 발생하는 걸 보면 그리 쉽게 넘길 문제는 아닌 것 같다.

B737-Max는 설계 결함 때문에 몇 년간 발이 묶였고, B777은 국토교통부로부터 약 1년간 운항 금지 처분을 받은 적이 있다. 문제의 시작은 유나이티드항공 328편의 호놀룰루행 비행에서부터였는데, 2021년 2월 덴버공항에서 이륙하자마자 오른쪽 엔진에 심각한 손상이 발견되었다. 무서운 건 비행기가 지나갔던 길 아래로 떨어진 엄청난 크기의 엔진 파편이 덴버 도심의 주택과 차량을 파손시킨 것. 그런데 바로 전날에도 비슷한 사고가 있었다. 네덜란드 마스트리흐트공항에서 이륙해 뉴욕으로 가던 롱테일항공 B747 5504편이 이륙하자마자 엔진에 이상이 생겨 벨기에로 회항한 것이다. 이 항공기는 근처 주택가 차량에 날카로운 엔진 부품을 떨어뜨렸는데 한 여성이 머리에 맞아 병원으로 이송되었다고 한다. 얼마 전에는 인도네시아항공 B747 엔진에서 화재가 발생해 비상 착륙한 사례도 있다.

항공기 엔진에 불이 붙어 파편이 쏟아지는 상황에서 창가에 앉은 승객은 무슨 생각을 했을까. 다행히 안전을 가장 중시해 설계되는 항공기는 엔진이 하나만 있어도 일정 시간 비행이 가능하다. B777의 경우에는 330분의 EDTOExtended Diversion Time Operation° 인증을 받은 기체이기 때문에 하나가 고장 나도 다른 하나가 5시간 동안 작동된다. 그리고 애초 그런 사고를 염두에 두고 운항관리사는 회항할 목적 공항을 여러 곳 지정해 둔다.

한 제조사의 내부고발자는 최근 언론 인터뷰에서 이런 이야기를 했다.

"사람의 머리카락만 한 결함도 문제가 될 수 있습니다. 현재 비행 중인 약 1400대 항공기의 운항을 정지시키고 전수조사해야 합니다."

사람들이 우려하는 건 괜한 걱정이 아니다. 시장의 우려를 종식하기 위한 제조사의 변화와 노력이 필요한 때다.

° 항공기 운항 중에 하나의 엔진이 고장 나도 안전하게 대체 공항에 착륙할 수 있는 시간을 인증하는 제도. 상업용 항공기는 반드시 있어야 하는 인증이며, 최대 EDTO-370까지 있다. 엔진 하나가 고장 나도 370분 안에 다른 공항에 착륙할 수 있는 기체라는 뜻이다. A350-XWB가 EDTO-370에 해당하는데, 남극 바로 위를 제외한 전 세계 모든 지역을 커버하는 수준이다.

인천공항 박물관이
살아 있다

외국인들에게 한국과 인천공항은 어떤 이미지일까?

항공편으로 여행하는 관광객은 목적지에서 그 나라의 공항을 가장 먼저 만난다. 한국이라면 인천공항을, 일본이라면 나리타나 하네다공항을, 중국이라면 베이징이나 푸동공항을 접하는 것이다. 그렇기에 '아트포트Artport'로서 의미를 갖는 최고의 문화예술 공항을 갖는 건 국익에 중요한 역할을 하는 것이 틀림없어 보인다. 싱가포르 창이공항은 공항 자체의 아름다움만으로도 가보고 싶은 여행지에 꼽히기도 하니까. 이런 맥락에서 인천공항은 인지도가 조금 약하다. 깨끗하고 친절하고 좋은 공항이긴 한데, 특출나게 잘난 점이 없다는 느낌이다. 안내 로봇들이 다니고, 교통센터에 작은 정원이 존재하고, 맛난 음식점이 여러 곳이고, 깔끔하고 웅장한 터미널을 갖추었는데도 뭔가 인천공항을 수식할 만한 대표 형용사가 떠오르지 않는다. 똑똑하다? 자연친화적이다? 미식가를 위한다? 구경거리가 넘친다? 전부 어울리지 않는다. '그냥 전반적으로 괜찮은 공항' 정도랄까.

그래서인지 최근 인천공항은 문화예술에 신경을 많이 쓰는 느낌이다. 굳이 멀리 공연장까지 찾아가지 않아도 출발 시간까지 기다리는 동안 공항 안에서 여러 전시와 공연을 즐길 수 있다. 인천공항 탑승동 면세구역 122번 탑승구 앞의 '인천공항 박물관'에는 국립중앙박물관 소장품이 전시된다. 내가 본 전시는 신라시대 유물을 보여주는 기획전이었는데, 예쁜 달항아리와 자개 보석함을 공항에서 보니 감회가 새로웠다. 대략 일 년마다 전시물이 바뀌고 있으니 혹시라도 공항을 자주 방문한다면 시기별로 바뀌는 전시를 구경하는 것도 재미있을 것 같다. 면세구역이 아닌 1터미널 중앙무대에서는 유명 가수의 공연이 열리기도 한다. 예전에는 출근길에 악동뮤지션 노래를 들었던 기억이 있는데, 얼마 전에는 트로트 가수 이찬원 씨가 와서 꽤 오랜 시간 노래를 들려주었다. 팬심만으로 공항까지 행차한 엄마와 즐거운 시간을 보내기도 했다.

전통문화 공연도 상설로 진행된다. 1터미널 면세지역 출발층인 3층에서는 해금이나 가야금 등 전통악기를 사용한 국악 공연이 펼쳐진다. 외국인들이 가장 좋아하는 게 해금이나 가야금 같은 한국 전통악기의 연주라는데, 우리 악기의 청아하고 유려한 소리를 생각하면 이해가 간다. 탑승동 면세구역 121번 탑승구 앞에서도 쉽게 보기 어려운 수문장 교대식 퍼포먼스가 하루 세 번 진행된다. 한복을 입고 검무, 봉술, 무술 시범이나 탑승동 면세구역을 줄지어 행렬하는 모습을 볼 수 있어 아이들에게 좋은 교육의 기회가 될 것 같다.

해외여행을 떠날 때 조금 일찍 공항에 와서 박물관이나 각종 공연 같은 새로운 볼거리를 즐기는 것도 좋은 추억이 되지 않을까?

드디어 택시가
하늘을 난다

　어린 시절 우주소년단이라는 과학 청소년 단체에서 활동한
적이 있다. 경험 우선주의라 이것저것 해보려고 노력했던 기억
은 나는데, 왜 하필 걸스카우트가 아닌 '우주소년단'에 들어갔는
지는 잘 모르겠다. 과학보다는 사회를, 수학보다는 국어를 좋아
했던 천성이 문과형 인간이었는데 말이다. 우주소년단에서는 여
러 재미있는 활동을 했다. 아무것도 모르고 물로켓을 만들어 모
형 로켓 경진대회에 나간 적도 있고, 미래 세상을 그려보는 미술
대회에 참가한 적도 있다. 야무진 손과는 영 거리가 멀어 상을
받은 기억은 없지만. '내가 상상한 미래 세상을 그려보세요!'라
는 주제를 던지는 초등학생 미술대회에 나가면 으레 그렇듯 아
이들 대부분이 요상하게 생긴 높은 건물과 그 사이를 날아다니

는 자동차를 그렸다. 나도 그랬던 것 같고. 그 시절에는 당연히 2030년쯤에는 자동차가 날아다니겠거니 막연히 생각했다. 그런데 그 막연했던 상상이 곧 현실이 될지도 모른다. 물론 '플라잉 카'는 아니고, '플라잉 드론'이라는 이름의 UAM으로.

UAM은 'Urban Air Mobility'의 약자로 도심항공교통을 말한다. 정부는 민간업체, 공공기관과 협력해 상용화한 드론을 운송수단으로 활용할 수 있도록 개발 중이다. 가구당 자동차 보유 대수가 증가해 시원한 차량 흐름을 기대하기가 점점 어려워지고 있기 때문이다. 그런데 '왜 자동차가 아니라 드론이지?'라는 궁금증이 생길 수 있다. 하늘을 나는 교통수단으로 먼저 개발되기 시작한 플라잉카는 내연기관이기 때문에 소음과 공해 문제에서 자유롭지 못하다. 또 '수직 이착륙Vertical Take Off and Landing'을 할 수 없어 활주로라는 거대한 시설이 필요하다. 이에 전기 배터리로 수직 이착륙이 가능한 드론이 더 낫다는 결론이 나온 것이다. 여기에 발맞춰 최근 연구도 플라잉카가 아닌 플라잉 드론에 집중되고 있다. 다른 항공 선진국에 비해 한국은 UAM 개념의 도입과 연구가 늦었다. 하지만 국토교통부 주도로 로드맵이 제시되면서 협력 연구가 빠르게 진행되고 있고, 2030년에는 UAM 에어택시 상용화를 목표로 공항공사와 기체 개발사, 통신사 등이 모여 열심히 개발 중에 있다. 특히 서울은 전 세계 UAM 실현 유망 도시 75곳 가운데 헬리포트(1위), 인구밀집도(5위), 소

득 수준(4위) 등이 상위에 랭크되며 UAM의 성공 가능성을 더욱 높이고 있다. UAM이 자리 잡는다면 일분일초가 바쁜 직장인들은 드론 택시를 타고 답답한 도로가 아닌 하늘길을 통해 출근할 수 있을 것이다.

개발 초기 UAM은 특정 장소와 공항을 잇는 셔틀로 활용될 가능성이 높다. 지금은 공항 근처에 UAM이 뜨고 내릴 수 있는 '버티스톱Vertistop'과 이착륙만이 아니라 배터리 충전과 정비까지 가능한 '버티포트Vertiport' 건설 계획이 준비되고 있다. 이 두 시설의 구축 개념은 모두 '우버 엘리베이트Uber Elevate'의 2016년 UAM 개발백서에서 나온 것으로, 우버는 UAM의 상용화를 통해 궁극적으로 '메가 스카이포트Mega Skyport'를 구성할 계획을 세웠다. 공항 셔틀 개념에서 시작된 UAM은 결국에는 근거리 교통수단으로 사용성이 확대될 것이고, 궁극적으로는 도시 간 이동을 가능하게 할 것이다. 이렇게나 멋진 계획을 우버는 이미 9년 전 구체적인 단어까지 사용해 수립해 놓았다. 그 계획에 따르면, 우버 자동차를 통해 집에서 버티포트까지 이동한 고객은 우버의 수직 이착륙기인 UAM을 타고 제한 없이 비행할 수 있다.

공항과 비슷한 개념의 스카이포트와 버티포트 얘기가 나왔으니 구체적으로 인천공항과 비교해 보자. 우버가 궁극적으로 추구하는 UAM 운영 계획은 다음과 같다.

	우버 UAM	인천공항
시간당 이착륙 횟수	이륙 1000회 착륙 1000회	슬롯 75회
시간당 처리 승객 수	2000~4000명	8000명
이착륙 시설	이착륙 패드 12개 착륙접근절차 6개	활주로 4개 동시 이착륙 불가
바람 영향	없음	바람에 따라 활주로 방향 변경

'이래서 미래 기술이구나!' 싶을 정도로 우버 UAM은 기존 공항보다 훨씬 유연해서 많은 교통량을 처리하는 게 가능하다. 공항의 활주로 개념을 대신하는 패드 숫자는 4배일 뿐인데, 시간당 이착륙 횟수가 26배나 되는 점은 아주 놀랍다. 소수 인원만 탑승하는 개인용 비행체이기 때문에 한 번에 200~300명씩 탑승하는 항공기보다 승객수는 적지만, 그 외의 운영 목표는 딱딱하기 그지없는 공항의 하드웨어와 비교해 큰 장점을 가진다. 물론 어디까지나 구상 목표일 뿐이고, 실제로 이렇게 되리라는 보장은 없다. 현재 '우버 엘리베이트'는 코로나의 여파로 '조비 Joby'에 매각된 상태다.

UAM에 대해 조금 더 깊이 생각하다 보면 이런 걱정이 생길 수 있다. '드론 택시가 하늘을 날다가 비행기와 부딪히지는 않을까?' 현재 UAM과 비행기의 공역을 분리하는 개념이 마련되는 중이다. 항공 분야의 선진 기관인 '미국 연방항공청Federal Aviation Administration, FAA'과 '유럽연합항공안전청European Union Aviation Safety Agency, EASA'에서는 'UASUnmanned Aircraft System, UAS'(무인 비행체계)와 UAM에 대한 구체적인 관리 기준을 앞다투어 제시하고 있다. 가장 많이 참고되는 문서는 FAA의 〈UAM ConOps〉다. 운용 개념서에 따르면, UAM은 아무 데서나 날아다니는 게 아니라 'UAM Corridor'라는 회랑 내에서만 비행하게 된다. UAM 회랑에 교통이 늘어나고 '자동비행규칙Automated Flight Rules, AFR'˚이 도입된다면 관제사가 UAM 회랑에는 전혀 개입하지 않을 가능성도 있다. 곧 체계가 조금 더 발전하고 신기술이 점진적으로 도입되어 'UAM 교통관리UAM Air Traffic Management, UATM'˚˚와 '항공교통관제Air Traffic Control, ATC'˚˚˚가 분리되는 순간 UAM과 비행기가 부딪칠 확률은 매우 낮아지는 것이다.

아직은 인천공항 근처에서 UAM과 이착륙기를 어떻게 분리할지 정해진 바가 없다. 예를 들어, 인천공항의 네 개 활주로 사

˚ 비행체가 타 비행체와의 충돌이나 악기상을 알아서 회피하고, 스스로 비행 경로를 정해 운항하는 것.

˚˚ UAM이 운용되는 저고도 공역(약 300~600미터)에서 UAM의 안전하고 효율적인 운항을 지원하는 교통관리 시스템.

˚˚˚ 항공기 간 또는 항공기와 장애물 간 충돌 방지, 항공 교통의 원활한 흐름을 위한 업무 시스템.

이에 떡하니 버티포트를 짓는다면 활주로는 어떻게 건널 것인지, 항공기가 이착륙하는 길을 건너야 한다면 '장애물 제한 표면'°은 또 어떻게 할 것인지 아무것도 정해지지 않은 것이다. 이와 관련해 연구를 진행 중이라고 하니 곧 해결안이 나오지 않을까 싶다.

해외 각국에서 드론 택시의 상용화를 위해 부단히 노력하고 있는 만큼 K-UAM 구축을 위해 한국의 여러 기업에서도 전담팀을 구성해 대응하고 있다. 이를 보면 진짜 UAM의 상용화가 턱 밑까지 차올랐다는 느낌이 든다. 물론 탑승객을 안심시키는 문제부터 시작해 풀어나가야 할 과제가 많지만, 2040년쯤에는 누구나 이용할 수 있는 새로운 교통수단이 되지 않을까?

"오늘 지각할까 봐 드론택시 타고 왔어요!"라는 말이 들리는 미래가 얼른 왔으면 좋겠다.

° 비행장 근처에서 항공기 이착륙에 방해가 되는 공역을 지정해 지형, 지물 설치에 제한을 둔 표면.

2장

항공교통관제사로 사는 법

관제석 앞의
햇병아리

눈 두어 번 비빈 것 같은데 입사한 지 5년이 지났다. 푹푹 찌는 더운 여름날, 흰 블라우스에 검정 슬랙스만 입고 바쁘게 청사 계단을 오르내리던 햇병아리는 이제 관제탑에서 겨우 몸을 가눌 수 있는 정도는 되었다. 비행장에서만 살짝 맛본, 관제라고 부르기도 어려운 실습 경험과 관제사 자격증만 가지고 당당하게 타워에 올랐던 때가 기억난다. 막상 관제석 앞에 서니 하루 1300편의 항공기가 오가는 인천공항의 분주함이 눈앞으로 실감 나게 다가왔다. 그때는 '내가 저 큰 항공기를 통제하는 거야? 안에 있는 사람들의 안위도?'라는 생각에 관제석 마이크를 잡는 게 두려웠는데, 이제는 주파수로 나를 부르는 목소리에 아무렇지 않게 자동으로 응답하는 자세를 취한다.

평생 직업으로 삼아야겠다고 생각할 만큼 관제사가 내 강렬

한 꿈은 아니었다. 나는 법이나 정치, 행정학이나 경제학과 관련된 일을 하고 싶었다. 아니면 국어국문학을 전공해 옛 한글에 대해 더 공부해 보고 싶었다. 어쨌든 지금은 교과서를 손에 쥐고 있을 때는 상상조차 못했던 항공이라는 분야에 몸담고 있다. 반드시 졸업 전 취직하겠다며 독기를 품고 이 일을 준비했으면서 정작 최종 합격 뒤에는 마음 놓고 기뻐하지 못했다. 나보다 내 일을 더 바랐던 다른 이들이 떠올라서다. 이제는 좋든 싫든 항공이 내 인생의 배경으로 자리 잡았다. 푸른 하늘, 수많은 비행기 가운데 우뚝 선 타워가 곧 나라는 걸 잘 알고 있다.

처음 입사했을 때, 그러니까 2019년 가을의 인천공항은 연일 일일 교통량과 승객 최대치를 경신하고 있었다. 항공기 항적을 보여주는 앱에 한반도는 샛노란 비행기 모형으로 육지가 보이지 않을 만큼 덮여 있었다. 훈련 관제사인 내가 맡았던 피크타임은 늘 버거웠다. 자꾸 말실수하는 나에 대한 고민도 자책도 많았다. 그렇지만 즐거웠다. 시간이 지날수록 성장하는 게 느껴졌고, 주파수 안에서 여러 항공기와 인사를 나누는 것이 행복했다. 시끌벅적해서 가끔은 정신이 없다가도 해낸 뒤의 마음은 뿌듯했다. 퇴근길에 함께 집으로 향하는 여객들을 보면 혹시 내가 관제한 항공기를 타고 왔을지, 내가 잘 안내했을지 궁금해지기도 했다. 그로부터 약 3개월 뒤 아무도 예상하지 못했던 최악의 바이러스가 온 세상에 퍼졌다.

코로나19라는 이름의 바이러스는 전 세계 공항의 생태계를 파괴했다. 하루 1300편에 육박하던 항공편이 300편 정도로 줄어들었다. 운항 편수는 60% 정도 감소하는 데 그쳤지만, 여객은 무려 98% 이상이 줄어 영종도에 있는 이곳을 과연 공항이라 부를 수 있을까 하는 생각마저 들었다. 수많은 여객과 꼬리에 꼬리를 물고 줄을 서던 항공기가 자취를 감추자 공항에서 일하는 많은 이가 다른 일을 구해야 했다. 뻔뻔하게 자리를 지키고 있자니 죄책감마저 들었다. 관제사로서 나는 이제 겨우 푸시백을 할 수 있겠다는 느낌이었는데, 다시 처음으로 돌아가 비행 허가부터 받아야겠다는 생각이 들었다.

반도가 보이지 않을 만큼 덮여 있던 샛노란 비행기는 꽤 오랫동안 '참 잘했어요!' 스티커처럼 띄엄띄엄 나타났다. 다행히 지금은 코로나 이전 때처럼 운항 편수와 여객이 회복되었다. 바쁘게 하늘을 유영하지 못하고 마치 죽은 것처럼 가만히 내려앉아 있던 항공기의 모습이 생각난다. 생기 없는 흑백에서 빨강, 노랑, 파랑, 초록으로 항공사와 지상조업사, 검역소, 각종 매장 직원들이 무지개를 그리며 인천공항을 예전처럼 수놓고 있다. 흑백 세상이 어느새 컬러가 된 게 아직은 조금 어색하다.

Good morning,

Inchon Apron!

　관제사와 관련된 콘텐츠를 제작한다면서 인터뷰 요청을 받은 적이 있다. 내가 전한 말은 "가능은 합니다만, 저는 계류장 관제사예요. 그런데 계류장 관제사는~"으로 시작하는 긴 답변이었다. 인천공항 관제사인 건 알겠는데 그중에 계류장 관제사는 대체 어떤 일을 하는 사람일까? 항공교통관제업무는 이렇게 나눌 수 있다.

- 비행장 관제Aerodrome Control
- 접근 관제Approach Control
- 지역 관제Area Control

관제사에 대해 사람들이 일반적으로 떠올리는 이미지는 관제탑에서 항공기를 보며 이착륙 허가를 내주는 비행장 관제사의 모습이다. 그런데 이건 관제사의 단편적인 모습이고, 공항을 떠나 머리 위로 날아가는 항공기를 관리하는 또다른 관제사가 있다. 접근 관제사는 공항을 막 떠난 항공기와 공항에 접근하는 항공기를 예쁘게 줄 세워 항로 진입과 착륙 순서를 맞추는 역할을 한다. 지역 관제사는 비행장 구역에 포함되지 않은 곳에서 항로를 지나가는 항공기를 관제한다. 인천공항의 접근 관제사와 지역 관제사는 관제탑에서 근무하는 것이 아니라 '항공교통관제소'라는 별도의 건물에서 레이더 화면을 보고 관제 업무를 진행한다. 나는 비행장 관제사로서 인천공항 계류장 관제탑에서 일하고 있다. 그런데 나는 비행기 이착륙을 담당하는 관제사는 아니다. 이건 또 무슨 말일까. 인천공항의 비행장 관제업무는 이렇게 나뉜다.

- 허가 중계 Clearance Delivery
- 계류장 관제 Apron Control
- 지상 관제 Ground Control
- 이착륙 관제 Local Control

항공기는 출발 전 비행계획서라는 문서를 항공교통업무기

관에 제출한다. 허가 중계석에서는 비행계획서를 기반으로 비행 허가를 내준다. 계류장 관제사는 공항 지상의 계류장이라 불리는 곳에서 움직이는 항공기를 관제한다. 쉽게 말해, 날아다니는 항공기가 아닌 땅에 붙어 있는 항공기만 관제한다는 이야기다. 지상 관제사도 비슷하다. 지상 관제사는 활주로와 이어지는 기동 지역에서 움직이는 항공기를 관제한다. 활주로를 담당하는 이착륙 관제사는 항공기 이착륙 허가와 더불어 인천공항 관제권이라 불리는 공역 안에서 날아다니는 헬기까지 관제한다. 앞서 말한 인터뷰는 비행장 관제사, 그중에서 이착륙 관제사에 대한 인터뷰 요청이었다. 계류장 관제사인 내가 응하기에는 부적절했다.

계류장 관제는 혼자 근무할 수 있는 자격인 '한정Rating'을 따려면 길게는 1년, 짧게는 7개월 정도 소요된다. 계류장 관제사가 생각보다 넓은 구역을 관할하고 있어서 여러 좌석의 관제 기법을 익혀야 하기 때문이다. 도대체 우리 관제사의 인천공항 관할 범위는 어느 정도일까? 인천공항 계류장에서 주파수가 나뉘는 기준은 탑승구 숫자에 따르는데, 좌석별 관할구역을 이렇게 분리한다.

- 1터미널 관제석: 1터미널 전체와 탑승동 남측
- 탑승동 관제석: 탑승동 북측과 중앙 원격 계류장

- 화물 관제석: 화물계류장
- 2터미널 남측 관제석: 2터미널 남측
- 2터미널 북측 관제석: 2터미널 북측
- 원격 관제석: 북측 원격 계류장과 정비 계류장

각 주기장은 물론이고 표시된 구역 안에 있는 유도로와 유도선, 원격과 제방빙 주기장 또한 계류장 관제사의 관할구역이다. 최근 확장 개장한 2터미널은 북측과 남측으로 분할해 두 개의 관제석이 담당한다. 인천공항 북쪽 땅이 더 개발되면 관할 좌석이 세 개로 늘어나 2터미널에서만 세 개의 주파수를 운영해야할 수도 있다.

24시간 운영되는 곳인 인천공항에도 항공기의 출발과 도착이 몰리는 피크타임이 있다. 보통 아침에는 7시부터 11시까지를, 저녁에는 17시부터 21시까지를 교통이 몰리는 시간으로 본다. 아침 네 시간, 저녁 네 시간 정도 되는 이 시간대에는 출발과 도착 항공편이 매우 많아서 계류장이 혼잡해진다. 내 주파수에 나와 교신을 기다리는 항공기가 한 번에 열 대가 넘어가면 관제사도, 조종사도 서로 먼저 말하고 싶어 해서 '교신Radio'이 겹치는 경우가 자주 발생한다. 할 말을 못 하고, 들을 말을 못 들으면 아주 답답한 상황이 발생하기 때문에 앞 설명처럼 구역을 나눠 항공기를 관제하는 것이다.

계류장 관제사로 근무하려면 다섯 개의 관제석 시험을 모두 통과해야 한다. 항공기 운항의 시작과 마무리를 담당하고 있다는 점에서 관제사들은 모두 자부심을 가지고 자기 일에 최선을 다하고 있다.

모든 관제사는 자기 이름을 대신할 알파벳 두 글자의 새로
운 관제 이름을 가진다. 항공 분야 특성상 갖게 되는 별명 같은
것인데, 이를테면 누군가의 이름은 RJ, 곧 '로미오 줄리엣'일 수
있다. 살아서는 행복하지 못했던 몬터규가 아드님과 캐풀렛가
따님이 하늘에서는 마음 놓고 만날 수 있도록 해주는 ICAO의
배려인 걸까? '로미오 줄리엣'이라는 약명이 나오는 데는 다음
과 같은 이유가 있다.

관제사의 약명 관리에 대해 규정한 국토교통부 고시 〈항공
교통업무 운영 및 관리 규정〉을 보자.

(약명 관리)항공교통업무제공자는 항공교통업무시설에서 근무하

는 사람의 약명을 다음 각호에 따라 관리하여야 한다.

1. 근무자를 식별할 수 있도록 2자로 된 영문의 약명을 사용한다.

2. 한 시설에서 동일한 약명을 사용하여서는 아니 된다.

3. 특별히 서명이 요구되지 않는 한 모든 운영 서식에서는 약명을
   사용한다.

이 규정에 따라 관제기관에서 근무하는 모든 관제사는 두 글자 알파벳 약명을 가지고 있다. 이 약명은 근무일지를 기록할 때도, 외부 관제기관과 협의할 때도 등장한다. 관제 업무와 관련된 모든 기록에 세 글자 이름 대신 사용되는 것이다. 무선통신에서 알파벳 글자의 진짜 발음 대신 사용되는 'ICAO 포네틱 알파벳Phonetic Alphabet'을 보면 앞에서 언급한 로미오와 줄리엣의 출처를 알 수 있다. 그 역사를 알려면 한참을 거슬러 올라 제1차 세계대전 이전 시대까지 가야 한다. 저품질의 장거리 전화 회선에서 서로의 말을 더 명확히 알아듣고 이해할 수 있도록 개발된 것이 바로 ICAO 포네틱 알파벳이다. 예를 들어 B, C, D와 같은 알파벳을 말할 때 이 세 글자는 발음이 비, 씨, 디로 한글로만 봐도 모음 발음이 같다. 잡음이 많이 들리는 상황에서 소리까지 작은 경우라면 각각의 알파벳을 구별하는 데 어려움이 있을 것이다. 그래서 각 알파벳에 대응하는 단어를 기억하고 구별하기 쉽도록 코드화한 것이다.

ICAO 포네틱 알파벳			
A	Alpha	N	November
B	Bravo	O	Oscar
C	Charlie	P	Papa
D	Delta	Q	Quebec
E	Echo	R	Romeo
F	Foxtrot	S	Sierra
G	Golf	T	Tango
H	Hotel	U	Uniform
I	India	V	Victor
J	Juliett	W	Whisky
K	Kilo	X	Xray
L	Lima	Y	Yankee
M	Mike	Z	Zulu

표에 따르면 B, C, D는 각각 "브라보, 찰리, 델타"라고 읽는다. 무선 교신할 때는 비, 씨, 디라고 듣는 것보다 확실히 구분이 잘 된다. 앞에서 왜 로미오와 줄리엣이 등장했는지 이해했을 것이다. 알파벳 R과 J에 각각 대응하는 포네틱 알파벳이 '로미오

Romeo'·'줄리엣Juliett'이기 때문이다. 아쉽게도 RJ는 아니지만 우리 관제소에는 흥미로운 몇 개의 관제 약명이 존재한다. 대기업 이름을 딴 것 같은 약명, 항공사의 두 자리 코드와 같은 알파벳을 사용하는 약명도 있다. 포네틱 알파벳은 관제 약명만이 아니라 유도로 이름, 항공기 콜사인에도 사용된다. 각종 연구와 시행착오를 거쳐 과학적으로 구성된 포네틱 알파벳은 실제 업무에서 사용하고 있어 알아듣기에 불편함이 없다. 아래와 같은 상황에서는 포네틱 알파벳이 굉장히 직관적이기도 하다.

관제사가 "Push back approved to face north(기수가 북쪽을 향하는 푸시백을 허가합니다)"라는 지시를 주었다고 해보자. 관제사의 "north" 발음을 알아듣지 못한 조종사는 "Confirm, north?(북쪽이요?)"라는 말로 기수 방향을 정확히 확인하고 싶을 수 있다. 그때 다시 north라는 단어를 사용하기보다는 "Face north, November(북쪽이요, 노벰버의 N)"처럼 포네틱 코드를 사용하면 아주 정확하게 의사를 전달할 수 있다.

여기까지 읽었다면 여러분도 항공교통관제사가 쓰는 것과 같은 관제 약명을 지을 수 있다! 일반적으로 관제 약명은 성의 첫 알파벳, 이름 첫 글자의 앞자리 알파벳을 따서 짓는다. 예를 들어 만인의 친구 홍길동Hong Gil-dong의 관제 약명은 HG, 곧 '호텔 골프'가 된다. 아무 생각 없이 예시를 들었는데 짓고 보니 여행이 가고 싶어지는 좋은 약명이다. 관제 약명을 짓기 전에는 아무 규칙 없이 약명을 짓는 것인 줄 알고 내 영어 이름에서 딴 약명을 만들어 두었는데, 지금 내 약명과는 전혀 다르다. 그래도 나는 평생 함께할 내 약명이 마음에 든다.

나쁜 꿈속에서도
놓을 수 없는
마이크

매일 하는 관제 업무지만 괜스레 감회가 새로웠던 날이 있
다. 출근하며 인사한 축축한 공항의 공기도, 땅에 살포시 내려앉
은 항공기도, 완벽하게 내게 주어진 관제 시간도 뭔가 적응이 안
되는 날이었다. 나는 코로나가 한창이던 2020년의 어느 날 오후
'관제업무 한정'을 취득했다. 두 사람의 관제 약명을 기록해야
했던 업무일지에 감독관 약명 없이 내 약명만 적어도 된다는 뜻
이다. 훈련 관제사가 관제 한정을 취득하면 따로 감독을 받지 않
고 혼자 관제석에서 근무하게 되며, 그 시간만큼은 주파수를 대
표하는 진짜 관제사가 된다. 타워에 올라오면서부터 바랐던 일
이라 홀가분하면서 신이 나기도 했지만, 한편으로는 걱정이 되
기도 했다. 관제업무 한정을 취득한 것은 권리와 책임이 동시에

주어지는 일이다. 작은 실수에서 비롯되는 긴 지연이나 사고, 그 모든 것의 책임이 이제는 오롯이 나에게 있다는 의미다.

코로나로 사람들을 대면하는 게 어려워지자 화물 물동량이 증가해 화물기 운항이 급격히 늘었다. 특히 살짝 서늘한 겨울에서 초봄 사이에는 밤 11시경 출발하는 화물기가 많았다. 인천공항의 네 활주로 사이에 있는 다른 계류장과 달리 화물계류장은 1, 2활주로 동측에 위치해 있어서 들어가고 나오는 방향이 정해져 있다. 그래서 화물계류장의 출도착 항공기 동선이 꼬이면 푸시백을 기다리는 항공기가 최대 20분까지 지연될 수 있다. 한창 화물기 운항 편수가 많을 때 나는 2터미널 관제소에 있었기 때문에 종종 1터미널 관제소의 화물 주파수를 듣곤 했다. 교통이 쌓이고 쌓여 혼돈 직전인 화물계류장 모습을 보며 걱정이 되기도 했고, 다른 선배들의 관제 스킬을 배우기도 했다. 그로부터 얼마 뒤 화물기 관제 업무가 내게도 주어졌다.

어느 날은 야간 화물기 관제를 마치고 퇴근해 잠들었는데 악몽을 꾸었다. 꿈속의 나는 제일 바쁜 시간인 밤 11시경 화물기를 관제하고 있었다. 그런데 B747 화물기가 자기보다 몸집이 작은 다른 항공기를 뒤에서 들이받는 모습을 CCTV에서 포착했다. 부딪치는 그 순간 머릿속을 때렸던 '쾅!' 하는 굉음은 덤. 순간 몸의 모든 피의 흐름이 멈추는 느낌이었다. 몽롱한 정신 속에서 조종사의 다급한 구조 요청 신호가 들렸다. 사고였다. 그것도

대형 사고. 안타깝게도 내게는 꿈을 자각하는 능력이 없다. 끔찍했던 악몽 속에서 얼마나 헤맸을까. 누가 건드리지도 않았는데 흠칫 놀라며 잠에서 깼다. 진탕에서 벗어나고 싶었던 간절한 마음이 꿈 밖으로 나를 끄집어낸 건지도. 모든 게 꿈이었지만 마음이 좋지 않았다.

초보 관제사에게 주어지는 막중한 책임…. 어깨가 무겁지는 않지만 뻐근한 정도랄까. 정말 열심히 해보겠다고 마음먹었던 훈련 관제사 때의 마음을 잊지 말아야겠다고 곱씹는다.

관제사는 비행기를
어떻게 부르나요?

항공교통관제 업무는 기본적으로 영어를 사용한다. 다양한
국적의 조종사와 관제사가 무리 없이 소통하기 위해서 국제 표
준어인 영어로 소통하는 것이다. 당연히 한국인 조종사와도 영
어로 교신한다.

그런데 항공사 이름을 길게 영어로 표시하면 쓰는 것도, 보
는 것도 불편하고 비효율적이다. 그래서 앞에서 이야기했듯 관
제 업무를 할 때는 항공사 이름을 세 글자 알파벳으로 줄여서
표기한다. 이렇게 표기하는 것을 'ICAO 3 Letter Code'라고 한
다. 이에 따라 대한항공을 KAL, 아시아나를 AAR이라 부르는 것
이다. 관제사가 보는 항공편 리스트나 각종 레이더 장비에는 이
처럼 항공사 이름이 세 글자의 영문 알파벳으로 표기되는데, 우

리는 그에 맞는 콜사인으로 항공편을 호출한다. 예를 들어, 출발편 리스트에 'JNA123'라는 항공편이 표시된다면, "JIN AIR 123(진에어 원 투 쓰리)"라고 항공기를 부른다.

인천공항에 정기편으로 취항하는 국적사(2024년 11월 기준)

- 대한항공KOREAN AIR, KAL

- 아시아나ASIANA, AAR

- 제주항공JEJU AIR, JJA

- 진에어JIN AIR, JNA

- 티웨이항공TWAY, TWB

- 이스타항공EASTAR JET, ESR

- 에어부산AIR BUSAN, ABL

- 에어서울AIR SEOUL, ASV

- 에어인천AIR INCHEON, AIH

- 에어프레미아AIR PREMIA, APZ

- 에어로케이AERO HANGUK, EOK

고맙게도 이름과 콜사인이 일치하는 항공사

- KLM항공KLM, KLM

- 델타항공DELTA, DAL

- 루프트한자항공LUFTHANSA, DLH

- 베트남항공VIETNAM, HVN

예쁘거나 독특한 콜사인을 가진 항공사

- 영국항공SPEED BIRD, BAW

- 칭다오항공SKY LEGEND, QDA

- 아틀라스항공GIANT, GTI

- 니오스항공MOON FLOWER, NOS

인천공항에는 약 100개의 항공사가 정기편으로 취항한다. 입사 후 호출부호와 ICAO의 세 글자 코드를 모두 외워야 했는데, 다행히 항공사와 코드, 호출부호가 비슷하게 일치하는 경우가 많아서 그리 오랜 시간이 걸리지는 않았다. 물론 콜사인과 이름이 전혀 일치하지 않는 경우에는 외우는 데 꽤 애를 먹었다. 이를테면, 영국항공British Airways의 콜사인은 'Speed Bird'다. 그래서 영국항공 18편을 부를 때 관제사는 "Speed Bird 18(스피드버드 원 에잇)"이라고 말한다. 물론, 조종사도 자기 항공사를 그렇게 칭한다. 생각해 보면 귀여운 별명이다. 하늘을 가르는 잽싼 새라니. 영국항공이 잽싼 새가 된 데는 이런 사연이 있다. 영국항공의 전신인 임페리얼항공은 'Lee Elliott'라는 디자이너에게 회사 로고 디자인을 맡겼고, 새 모양을 본뜬 단순한 로고가 탄생했다. 그 로고를 'Speed Bird'라고 칭했는데, 이 별명이 지금까

지 이어진 것이다. 이처럼 재미있는 콜사인도 있지만, 엄청나게 헷갈리는 콜사인도 있다.

나만 헷갈리는 항공사

– 에어로로직GERMAN CARGO, BOX

– 루프트한자 화물항공LUFTHANSA CARGO, GEC

– 홍콩항공BAUHINIA, CRK

독일의 화물 항공사인 에어로로직과 루프트한자 화물항공이 그렇다. 두 항공사는 하필 여객기가 아니고 화물기라 화물계류장에서 비슷한 시간 출몰할 때가 많은데, 실제로 두 항공사의 콜사인을 착각해서 잘못 부른 경험이 있다. 실제 교신에서는 아니고, 다른 좌석 근무자와 협의 전화를 하던 도중 GEC라는 코드를 보고 "GERMAN CARGO는요"라고 해버린 것이다. 다행히 상대가 용케 알아듣고 고쳐주었다. "LUFTHANSA CARGO 말씀하시는 거죠?" 그리고 이어지는 뻘쭘함.

코드와 콜사인이 전혀 다른 데다 인천공항에 자주 오지 않는다면 오랜만에 등장했을 때 콜사인이 뭐였는지 기억이 안 나기도 한다. 내가 제일 헷갈리는 항공사 코드는 CRK, 콜사인은 BAUHINIA를 쓰는 홍콩항공이다. 잘 외워지지 않는다. 출도착 리스트에서 세 글자 코드로 된 편명을 보고 콜사인을 부르는 것이 기본이라서 반대로 콜사인만 보고 세 글자 코드를 기억해 내기도 어렵다. UAL을 보면 자동으로 United가 떠오르지만, United를 보고 세 글자 코드를 생각해 내려고 하면 '뭐였더라…' 하는 느낌?

두 글자 코드와 세 글자 코드가 전혀 다른 항공사

- 제주항공JEJU AIR, JJA, 7C
- 에어아시아엑스XANADU, XAX, D7
- 중국동방항공CHINA EASTERN, CES, MU

관제 업무에서는 ICAO 코드가 기본으로 사용되지만, 공항의 다른 부서와 여객들은 IATA의 두 글자 코드를 사용하기 때문에 가끔 의사소통이 버벅거리는 문제가 발생한다. 특히 우리 부서는 주기장을 배정하는 부서와의 연락이 잦은 편인데, 그곳은 두 글자 코드로 업무를 진행하고, 우리는 세 글자 코드를 사용하는 데다 콜사인으로 항공사를 불러대니 서로 알아들을 수 없는 것이다. "영국항공"이라고 하거나 두 글자 코드인 "BA"라고 말해야 다른 팀 사람들이 알아듣지, "스피드 버드"라고 하면 아무도 모른다는 얘기다. 다른 팀원을 배려하기 위해서라도 항공사의 세 글자 코드와 두 글자 코드를 모두 숙지하는 게 마음이 편하다. 그런데 두 글자 코드를 외우는 것도 생각보다 쉬운 일은 아니다. 세 글자 코드와 아예 다른 경우가 허다하고, 영문 알파벳에 숫자까지 사용하는 경우가 많아서 조금 복잡하다. 제주항공의 세 글자 코드가 JJA, 두 글자 코드가 7C인 것처럼.

관제사 약명에 대해 쓴 이전 글에서 관제사는 두 자리 알파벳으로 된 이름을 갖는다고 했다. 그런데 그 이름이 항공사의 두 글자 코드와 겹치는 경우가 있다. 우리 관제소에도 대한항공, 에어서울, 에어인천의 두 글자 코드와 약명이 같은 관제사 선배들이 있다. 'MAS윙스'라고 내 약명과 같은 코드를 쓰는 항공사도 있던데 언젠가 인천에서 볼 수 있을까?

항공영어구술능력증명시험을
준비하며

항공 분야의 유엔인 ICAO에서는 조종사-관제사가 제대로
소통할 수 있도록 하기 위해 두 항공종사자가 항공영어구술능
력증명시험English Proficiency Test for Aviation, EPTA에서 일정 등급 이
상을 보유하도록 정해놓았다. EPTA의 등급은 1급부터 6급까지
나뉘는데, 국제선 조종사와 관제사로 일하려면 4급 이상을 받아
야 한다. 4급과 5급은 각각 3년, 6년마다 갱신해야 하는 비영구
적 성적 증명이고, 최고 등급인 6급은 평생 유효하다. 원어민이
아니고서야 받기 어려운 등급이라고는 하지만, 주변에 6급이 꽤
있다는 소문이 있으니 받는 게 불가능한 것은 아닌가 보다. 토박
이가 느끼기에는 하늘의 별 따기나 다름이 없지만.

영어 실력은 관제사에게 필수이기에 4급이나 5급을 받은

경우 일을 계속하고 싶다면 매번 성적을 갱신해야 한다. 대부분의 문제는 평소 관제 용어를 활용하고 있어서 답하기가 어렵지 않지만, 시험을 주관하는 곳이 변경되면 문제 유형이 바뀌기도 한다. 듣기와 말하기 평가가 각각 독립적이었던 시절과 달리 지금은 듣기와 말하기 평가가 통합되어 있다. 지금 시험이 좀 더 현업에 가까운 관제 영어를 평가하고 있는 느낌이다. 학생들이 준비하기에는 조금 까다로울 수 있겠다고 생각했는데 막상 실제 실행파일을 들어보니 성우의 말하는 속도가 빠르지 않고, ATISAutomatic Terminal Information Service° 방송도 실제보다 더 느려서 받아 적기가 수월했다.

조종사가 응시하는 시험은 하나인데 관제사는 업무에 따라 비행장이나 접근, 지역 관제 중 하나의 분야를 선택할 수 있다. 내가 선택한 건 비행장 관제. 활주로가 등장하는 공항 관제이기 때문에 정말 오랜만에 장주 비행에 대해 공부했다. 크게 할 줄 아는 말이 별로 없어 "Report Base(베이스 지점에서 보고하십시오)"를 당당히 외쳤던 정석 비행장에서의 실습이 떠올랐다. 돌이켜보니 아주 귀여운 관제였다. 교관님들께 애정 어린 꾸중을 듣

° 자동공항정보방송. 공항에 이착륙하는 항공기들이 해당 공항의 기상, 활주로 정보, 기타 사항을 알 수 있도록 주파수에서 끊임없이 방송하는 것. 1시간마다 갱신한다. 인천공항 ATIS는 032-743-2676으로 전화하면 직접 들어볼 수 있다.

기도 했지만. 실제로 마이크를 잡았던 관제 실습 경험은 <u>스스로</u>를 굉장한 사람으로 느끼게 해주었다. 어쩌면 그 경험 덕에 이곳에서 잘 살아남은 건지도 모른다.

말하기는 여러 요소를 평가한다. 속도, 어휘, 발음 등에서 가장 낮게 받은 점수가 본인 등급이 된다. 속도야 분당 100글자로 천천히 말하는 게 표준이고, 관제 용어는 다 비슷하니 어려움이 없지만 문제는 발음이다. 시험을 볼 때는 규정된 발음을 쓰는 게 좋다. 평소에 3을 뜻하는 'tree'나 9를 뜻하는 'niner', 5를 뜻하는 'fife'라는 변형된 항공용 발음에 크게 구애받지 않고 관제를 해왔기에 시험 때는 좀더 신경을 써야 한다. EPTA 갱신일이 점점 다가오고 있는데 언제쯤 6급을 받아 영구 자격을 얻을 수 있을까.

나는 술을 즐기지 않는 편이다. 그렇다고 술이 나쁜 거라고 생각하는 건 아니다. 관계를 맺고 살아가는 사람들 사이에 직접적으로 관여하기도 하고, 멀리서 보면 간접적으로는 재미있는 영향을 주기도 하니까. 누구에게는 슬픔을 위로하는 말 없는 친구가 되기도 하고, 용기가 없는 사람에게는 자신감을 솟게 하는 물약이 되기도 하는 것처럼. 그렇지만 술은 항공종사자에게는 치명적일 수 있다. 내가 탄 항공기를 관제하는 관제사나 조종사가 만취 상태로 지시나 조종을 하고 있다고 생각해 보자. 두렵지 않겠는가. 실제로, 2018년 한 부기장이 런던 히드로공항에서 술에 취한 상태로 조종간을 잡으려다 체포된 적이 있다. 발각된 과정이 재미있는데, 조종사에게서 술 냄새를 맡은 공항버스 운전

기사가 경찰에 신고해 발각되었다. 음주 운전보다 책임이 막중한 음주 조종을 저지한 기사님의 투철한 안전 정신에 박수를.

항공종사자의 일이 다수의 생명과 밀접하게 연관되어 있기에 한국도 항공종사자의 음주를 강력히 규제하고 있다. 조종사, 객실 승무원, 관제사, 운항관리사 같은 항공 업계 종사자는 술에 취하지 않은 상태로 업무를 수행해야 한다. 이 규정은 항공안전법 〈주류 등의 섭취·사용의 제한〉에서 자세히 확인할 수 있다.

① 항공종사자 및 객실 승무원은 업무를 정상적으로 수행할 수 없는 상태에서는 항공업무 또는 객실 승무원의 업무에 종사해서는 아니 된다.

② 항공종사자 및 객실 승무원은 항공업무 또는 객실 승무원의 업무에 종사하는 동안에는 주류 등을 섭취하거나 사용해서는 아니 된다.

(중략)

⑤ 주류 등의 영향으로 항공업무 또는 객실 승무원의 업무를 정상적으로 수행할 수 없는 상태의 기준은 다음과 같다.

1. 주정 성분이 있는 음료의 섭취로 혈중알코올농도가 0.02퍼센트 이상인 경우

이 규정에 따르면 항공종사자는 혈중알코올농도 0.02% 이

상인 경우 일할 수 없다. 음주 운전으로 면허 정지가 되는 처분 기준이 혈중알코올농도 0.03% 이상이니 그보다는 엄격한 기준이다. 혈중알코올농도란 혈액 100㎖당 알코올 비중을 가리키는 것으로, 농도가 0.1%라고 하면 혈액 100㎖당 0.1g의 알코올이 포함되었다는 뜻이다. 곧 내 혈액 100㎖에 알코올이 0.02g만 포함되어 있어도 관제나 조종을 할 수 없다는 의미다.

국토교통부 고시 〈항공교통업무기준〉에서는 관제 연습을 하는 사람을 포함한 관제사는 반드시 근무 브리핑을 시작하기 전에 음주 측정을 하도록 규정하고 있다. 우리 계류장 관제사의 경우 근무 시작 전에 음주 측정기를 불어 "PASS"가 확인되어야 근무를 시작할 수 있다. 만약 혈중알코올농도 0.02% 이상인 것으로 측정되면 측정기에 "FAIL"이 나온다. 가끔 기기가 고장 나 술을 먹지 않았는데도 "FAIL"이라는 심장 철렁한 글자를 보여주는 경우가 있는데, 이때는 실제 농도를 숫자로 표시하는 모드로 다시 측정해야 한다. 음주 측정에 통과하지 못하면 관제 업무에서 배제한다. 집에 가야 하는 것이다. 이런 창피하고 당황스러운 상황에 맞닥뜨리지 않으려면 근무일 전날에는 되도록 음주를 자제해야 한다. 아직까지 우리 시설에서는 단 한 명도 음주 측정에 걸린 적이 없으니 행여 누군가 걸린다면 어두운 역사를 쓰게 될 것이다. 음주 상태로 운전, 관제, 조종, 정비, 운항관리하는 건 꿈도 꾸지 말자.

건강함을 증명해야
일할 수 있는
직업

무병장수의 시대는 존재하지 않는 걸까? 대한민국의 평균 기대수명은 80세 수준으로, 0세인 출생아는 80년 정도를 무리 없이 살아갈 것으로 예측한다. 그런데 이상하게도 채 서른이 되지 않은 주변 사람들을 보면 몸에 고장 난 부분 하나쯤 달고 살아가는 것 같다. 더해서 몇몇은 고장 난 그곳이 악화되지 않도록 수술까지 받아야 했다. 오랜만에 만난 친구들은 조심스레 그동안 어디가 어떻게 아팠는지 이야기를 꺼낸다. 입사하고 난생처음 종합 건강검진을 받은 날에는 내가 늙어가는 생명체라는 걸 자각했다. 누구든 지병 하나쯤 달고 살아가겠지만, 어린 나이에 환자가 되어보니 매년 받아야만 하는 건강검진이 그리 달갑지 않았다. 어떤 해에는 종합 건강검진 말고도 관제사로서 반드시 요구되는 필수 건강검진을 두 번 더 받아야 했다.

우리 팀 관제사는 업무를 하는 데 필수인 건강검진만 일 년에 최대 세 번을 받는다. 몇 개월마다 피를 뽑아가는 주삿바늘을 쳐다보고 있자면 진이 빠지는 느낌이 들어 집으로 달음질치고만 싶다. 긍정적으로 생각해 보면 나름 세 개의 건강검진 항목이 조금씩 달라 내 몸 구석구석을 전부 파악할 수 있다는 장점은 있다. 검진 리스트는 이렇다. 첫째는 회사에서 전 직원을 대상으로 제공하는 종합 건강검진, 둘째는 교대근무자로서 계속 일하고 싶으면 받아야 하는 특수 건강검진, 셋째는 항공종사자 신체검진이다. 항공종사자 신체검진이란 현직에 있는 이들에게는 '화이트 카드'라고 불린다. 관제사나 조종사 등 항공종사자로서 문제없이 근무할 수 있다고 보장하는 문서가 바로 화이트 카드다. 건강 상태는 죽을 때까지 보장되는 게 아니기 때문에 유효 기간이 있다. 심지어 관제사나 조종사 연습생도 실습을 하려면 신체 증명을 보유해야 한다. 나는 관제교육원 입교 전 미리 신체검사를 해 건강을 증명하는 종이인 화이트 카드를 받았다. 시력이 좋지 않은 탓에 교정시력이 될 만한 걸 두 개나 가지고 있으라는 제한사항이 생겼다. 이런 제한사항이 있는 관제사는 혹시 모를 상황에 대비해 지금 쓰고 있는 렌즈나 안경에 더해 관제소에 예비 안경 하나를 더 준비해 두어야 한다. 관제사는 40세 미만이면 48개월마다, 40세 이상 50세 미만이면 24개월마다, 50

세 이상이면 12개월마다 항공종사자 신체검사를 받는다. 승객이 탑승하는 항공기를 모는 조종사는 일반적으로 나이와 상관없이 12개월마다 검진을 받는다.

한창 코로나가 유행하던 때 나 역시 코로나에 걸렸다. 지금은 완전히 나아서 슈퍼 면역자가 되었는지도 모르지만, 일주일간 방에서 고통받으며 격리되어 있는 게 썩 달갑지 않았다. 힘들게 일주일을 보낸 뒤 관제사로 복귀할 때는 항공교통관제사로서 정상적으로 업무를 수행할 수 있다는 항공 전문의의 소견을 받아야 했다. 이렇게 저렇게 건강을 증명한 뒤 어렵게 타워에 오르고 난 다음에도 한 2주간은 제대로 관제하는 게 힘들었다. 목소리가 너무 가라앉아 원래의 목소리가 나오지 않았고, 한마디 한 다음에는 기침을 해야 그다음 한마디를 할 수 있었다. 이대로 영영 낫지 않는 걸까 하는 걱정이 조금 들기도 했지만 다행히 3주쯤 지나니 목소리가 돌아왔고, 기침은 전혀 나오지 않았다. 막상 걸려보니 코로나 후유증은 생각보다 강력했다.

보통은 주파수로 조종사와 헤어질 때 "Good day"라는 인사를 나누지만, 코로나가 시작되고 난 뒤에는 가끔 주파수로 이런 인사말을 듣기도 한다.

"Take care!"

팔이 딱
두 개만 더 있으면
좋겠다

교복을 입던 시절, 친구들과 나란히 걸어가는 하굣길에서의 재미있는 추억이 있다. 일렬횡대로 걸어가던 우리 셋의 가운데에는 똑똑한 A가 있었고, 나와 B는 각각 왼편과 오른편에서 서로 할 말을 했다. 그러니까 A는 왼쪽 귀로는 내가 하는 이야기를, 오른쪽 귀로는 B의 이야기를 들었다. 제 할 말만 하던 두 명의 수다가 끝나면 A는 우리가 했던 이야기를 각각 정리해 말했다. 결과는 퍼펙트! 내 말은 내 말대로, 친구 말은 그 말대로 완벽히 들었던 것이다. 이런 멀티 태스킹은 일상에서는 크게 쓸모가 없지만, 관제에서는 중요한 능력일 수 있다.

계류장 관제사는 공항 계류장, 그중에서도 자신이 맡은 구역인 '내 땅'에 들어온 모든 교통과 인원을 통제한다. 항공교통

관제라고 해서 오로지 항공기만 관제하는 것은 아니다. 주파수로는 조종사와 소통하고, 작은 무전기로는 내 땅에서 움직이는 견인, 점검, 작업 차량의 인원들과 소통해야 하는 것이다. 관제석 전화기로 다른 기관의 관제사와 협의하거나 정보를 전달하기도 한다. 그러니까 내가 관제석에 앉았을 때 나는 내 의사를 표현할 수 있는 수단을 무려 세 개나 갖춘 셈인데, 이게 가끔 사람을 헷갈리게 한다. 언젠가는 정신이 없는 통에 무전기에 해야 할 말을 마이크를 잡고 주파수로 날려버린 적이 있다. 그러니까 항공기를 끌고 가는 견인 차량에게는 한국어로 이동 지시를 하는데 이 말을 무전기가 아닌 조종사가 듣고 있는 주파수에 해버린 것이다.

"견인 차량, 유도로 R12, RC로 주기장 ○번 이동하십시오."

하필 그 주파수에는 항공기가 한 대 있었다. 실수를 저지른 뒤 주파수에 싸하게 감도는 어색함과 창피함은 오롯이 내 몫이었다. 인천공항에서 일하는 다른 관제사 친구를 만나 이 이야기를 했더니 자기도 그런 경험이 있다면서 이런 말을 했다. "나는 너랑 반대로 조종사한테 해야 하는 관제 지시를 무전기에 대고 영어로 해버렸어." 바쁘면 나만 헷갈리는 게 아니었다며 서로 공감했다.

관제사들은 조종사에게 "Say Again?(다시 말씀해 주실래요?)"이라고 자주 얘기하는데, 일부러 그러는 건 아니다. 학창시절의

A처럼 누군가 동시에 다른 말을 해도 잘 알아들으면 좋겠지만, 하나에 집중하다 보면 다른 하나를 반드시 놓친다. 조용할 때는 한없이 조용하다가 무전 교신과 관제 교신이 동시에 들리거나, 여기에 더해 전화기까지 울리는 경우가 종종 있다. 다른 관제사와 전화하고 있다든지, 견인이나 작업자와 교신하고 있을 때는 어쩔 수 없이 조종사에게 다시 말해달라고 이야기할 수밖에 없다. 그래도 나름 우선순위가 있어서 주파수 교신이 첫째고, 그 뒤로 견인 지시를 하거나 전화를 받는다. 작업자는 가장 나중에 응대한다.

각기 다른 대상과 교신하다 보면 머릿속도 정신이 없지만 손도 바쁘다. 한창 교육을 받을 때 습관적으로 나는 마이크를 오른손에 쥐었는데, 선배를 보면 항상 왼손에 마이크를 쥐는 게 아닌가. 다른 기관과 협의할 때 사용하는 관제석 전화기가 책상 오른편에 있었기 때문이다. 또 오른손잡이가 장비를 조작하기 위해 마우스까지 사용하게 되면 오른손이 너무 바빠진다. 이제는 나도 익숙하게 왼손으로 마이크를 쥐지만 습관을 고치는 게 쉽지 않았다. 너무 바쁠 때는 두 손이 모자라 차라리 문어처럼 팔이 여덟 개 있었으면 좋겠다고 생각한 적도 있다. 한 손으로는 마이크를 쥐고, 다른 세 손으로는 무전기 세 대를 각각 쥐고, 또 다른 손은 전화기를 붙들고, 나머지 손으로는 여러 장비를 조작하는 상상. 여덟 개까지는 바라지도 않으니 더도 말고 덜도 말고

팔이 두 개만 더 있다면 감사할 것 같다. 말도 안 되는 바람을 가
진 김에 하나만 더 빌어보자면, 입도 두 개였으면….

일부러
지연시킨 거
아닙니다

따르릉. 주말에는 관제탑에 전화가 잘 걸려오지 않는데 모르는 휴대전화 번호가 찍혔다. '뭐지?' 싶어 전화를 받았다.

"감사합니다. 계류장 관제소 ○○○입니다."

"네, 안녕하세요. 혹시 방금 나간 저희 항공편이 조금 지연되었는데 왜 그랬는지 알 수 있을까요?"

유도로에서 3분 정도 푸시백을 하지 못하고 대기했던 항공편이었다. 하필 뒤쪽에서 출발하는 항공기가 있어서 허가를 주지 못하고 대기하라고 지시한 것이다.

"그쪽 유도로 출입구가 하나여서 뒤쪽으로 항공기가 있으면 조금 기다려야 할 수 있거든요."

"그러면 사유를 ATC(관제기관)라고 해도 될까요?"

'물론 사유가 관제기관의 허가 지연 때문이긴 한데, 그렇게만 쓰시면 왠지 제가 일부러 지연시킨 것 같잖아요'라고 말하고 싶었지만, ATC가 아니면 그분도 딱히 쓸 게 없을 것 같아 그렇게 하시라고 말씀드렸다. 정확히 말하면 유도로 때문이긴 하다. 출입구와 유도로가 두 개인 화물계류장에서 하나의 유도로를 항공기 비상 주기용으로 쓰고 있었기 때문에 발생한 지연이니까. 코로나가 심하던 때 공항에서 놀고 있는 비행기를 계류장 유도선 위에 줄줄이 세워놓는 바람에 계류장 내 유도로 몇 개가 사용 불가 상태로 꽉 막혀 있었다.

전화를 끊은 뒤 복잡 미묘한 생각들이 밀려왔다. 항공사에서 관리하는 지연 사유는 그 범위가 넓기에 지연이 생겼을 때의 사유가 뭉뚱그려 ATC가 되는 것까지는 이해할 수 있다. 우리도 준비가 다 된 항공기에 푸시백 허가를 주지 못하면 사유를 기재하게 되어 있으니까. 그런데 관제사의 지연 사유는 유도로 용량 제한, 기체 결함, 주기장 미개방, 저시정, 제방빙과 같이 다양한 카테고리로 나뉘어 있다. 특히 화물계류장은 출발과 도착에 모두 사용하는 동선으로 푸시백을 하기 때문에 뒤쪽에서 먼저 출발을 요청한 항공기가 있거나, 도착한 항공기가 있으면 꽤 오랜 시간 푸시백을 못하고 기다려야 할 수도 있다. 가끔은 단순한 질문이 아닌 민원성 전화가 올 때도 있다. 출발 항공기의 이륙 시각이 정해지는 바람에 실제로는 20시에 출발하기로 했던 게 짧

게는 20분에서 길게는 1시간 이상 지연되기도 하니까. 아니면 도착한 항공기가 왜 주기장 앞에서 들어가지 못하고 대기해야 하는지 묻는 전화가 걸려오기도 한다. 날카로운 말투로 '안 그래도 지연됐는데 왜 또 잡는 거냐!'는 식의 민원이다. 그럼, 왜 이렇게 비행기가 지연되는지 그 이유를 찬찬히 살펴보자.

인천공항에는 활주로가 네 개 있다. 그런데 지금은(2025년) 보수공사를 위해 활주로 하나를 닫아 세 개를 운용 중이다. 일반적으로 활주로는 바람에 따라 반대 방향으로도 사용할 수 있다. 인천공항의 3, 4활주로는 이륙 방향으로 340도 또는 160도를 사용한다. 정풍Head Wind을 맞고 이착륙해야 하는 항공기 특성상 풍향과 풍속이 활주로 방향을 정하는 가장 중요한 요인이 된다. 이륙 전용인 3활주로(34R/16L)를 기준으로 바람이 340도 근처에서 불어오면 34R를, 160도 근처에서 불어오면 16L를 사용하는 것인데, 활주로 방향은 이착륙 관제를 담당하는 인천 관제탑에서 접근관제소와 상의해 결정한다. 이륙 활주로로 34R를 사용하면 계류장에서 나가는 항공기가 3활주로 앞에 줄줄이 대기하는 모습을 자주 구경할 수 있다. 출발 항공기는 빠르면 2분에 한 대꼴로 이륙할 수 있다. 약 6대의 항공기가 유도로에서 출발을 위해 대기하고 있다면, 이륙 순서 7번에 해당하는 항공기는 아무리 빨라도 12분을 기다려야 한다. 따라서 계류장 안에서든, 활주로 앞에서든 항공기가 유도로를 물리적으로 점유하게 되는 것이다. 계류장 관제사가 모든 능력을 발휘해 어떻게든 공간을 만들어 푸시백 허가를 다 주어도 비슷한 시간대에 출발 항공기가 몰리면 활주로 앞에서 10분 이상 기다려야 하는 경우가 생긴다는 얘기다.

출발 항공기가 많아 바쁜 시간대에는 이륙 순서가 미리 정해져 나오기도 한다. 비행 허가를 주는 관제사가 순서를 정한다. 순서에 따라 정해진 이륙 시각을 TTOTTarget Take Off Time° 또는 CTOTCalculated Take Off Time°°라 부르는데, 여기에 항공기가 활주로까지 이동하는 시간을 역산한 TSATTarget Start-up Approval Time°°°가 바로 출발 항공기가 최초로 움직일 수 있는 시각이다. TSAT를 기준으로 푸시백 허가를 주기 때문에 계류장 관제사에게는 가장 중요한 시각이기도 하다.

항공기가 한꺼번에 활주로로 가겠다고 튀어나와도 어차피 활주로 개수와 시간당 이륙할 수 있는 항공기 대수는 정해져 있다. 이동 동선인 유도로에 항공기를 올려놓아 지상을 복잡하게

° 목표이륙시각. 출발 항공기가 몰릴 때 관제탑에서 항로 분리를 고려해 발부하는 시각.
°° 조정이륙시각. 악기상 또는 군사훈련 등 제한사항을 고려해 항공교통흐름관리센터에서 발부하는 시각. 거의 반드시 준수한다.
°°° 목표엔진시동시각. 인천공항에서는 푸시백 및 엔진 시동 허가를 주는 시각이다. 계류장 관제사는 정해진 TSAT의 +-5분 이내에 재량껏 푸시백 허가를 줄 수 있다.

만들 바에는 주기장에서 기다리게 하는 것이(이륙 순서에 맞춰) 관제사와 연료를 아껴야 하는 항공기가 '윈윈'하는 좋은 방법이다. 이런 상황을 고려해 계류장 관제사는 TSAT를 기반으로 푸시백 허가를 주기도 하고 대기시키기도 하는 것이다.

하지만 TSAT에 맞춰 출발 항공기를 대기시키다 보면 도착 항공기가 들어가야 하는 주기장이 계속 점유된다는 문제가 발생하기도 한다. 인천공항의 일일 여객편은 1000대가 가뿐히 넘는데, 사용할 수 있는 주기장은 터미널과 탑승동을 전부 합쳐 약 140개뿐이다. 그러니까 쉴 새 없이 비행기가 출발해야 도착 항공기가 바로 터미널로 들어갈 수 있다. 출발 항공기를 빨리 푸시백시켜 유도로에 올려두면 이륙 전까지 오래 기다리게 해야 하고, 그렇다고 도착 항공기를 무작정 대기시키면 주기장이 계속 놀게 되는 것. 이렇게 피크시간 계류장 관제사는 'TSAT를 지킨다' vs '도착 항공기를 빨리 넣어준다' 사이에서 딜레마에 빠지기도 하는데, 정신없이 바쁘지 않은 이상 대부분은 도착 항공기를 빨리 주기장에 넣는 방식을 택하는 편이다. 출발 여객은 얼른 나가고 싶어 하고, 도착 여객은 얼른 집에 가고 싶은 마음을 관제사도 잘 알고 있다는 걸 믿어주시길. 여객의 시간은 모두 소중하니까.

나의 첫
연장근무

크리스마스 시즌에 울리는 캐럴을 들으면 눈이 하얗게 내리
는 거리가 떠오른다. 화이트 크리스마스는 이름만 들어도 두근
두근 설레는 겨울의 특별한 날이다. 그렇지만 눈이 오면 우리 팀
관제사의 업무 강도는 평소의 세 배는 가뿐히 넘어가니, 눈 오는
크리스마스란 특히 계류장 관제사에게는 '지옥에 오신 것을 환
영합니다!'와 같다고 보면 된다. 누구에게는 한없이 평화롭고 소
중한 징글벨이 징글징글해지는 시기가 매 겨울 돌아온다.

눈이 오는데 왜 관제사가 힘든 걸까? 첫째로 동체 위에 쌓
인 눈을 치우기 전까지 항공기는 이륙할 수 없다. 특히 주날개와
꼬리날개는 비행기가 날아가는 데 필요한 양력을 얻기 위해 정
교한 모양으로 설계되어 있는데, 눈이나 얼음이 그 위에 붙어버

리면 양력이 제대로 생성되지 않는다. 눈과 얼음은 양력을 줄이고 항력을 증가시키기 때문에 비행 안전을 크게 저해하는 요소다. 눈이 오면 눈과 얼음을 녹이는 절차인 제빙, 다시 얼어붙지 않도록 하는 방빙을 진행한다. 인천공항은 제빙과 방빙을 특정 주기장에서만 진행하도록 설계되었다. 다른 나라에서는 그냥 터미널에서 제방빙한 뒤 이륙한다던데, 한국은 제방빙 용액의 폐용액 처리 문제로 제빙 주기장을 따로 만들었다.

눈이 올 때 출발하는 항공기는 터미널 주기장에서 제빙장까지 이동한 다음 제방빙 용액을 뿌리고 다시 활주로까지 가야 한다. 시간도 오래 걸리고 관제 절차도 복잡해진다. 제방빙장까지의 이동을 지원하는 역할을 우리 팀 관제사가 하는 것인데, 한정된 제빙장에 항공기를 적절히 배치하고 제방빙 순서를 정해야 한다. 그러니까 평소 같으면 '터미널 주기장 – 활주로 – 이륙'으로 이어지는 간단한 관제 코스가 눈만 오면 '터미널 주기장 – 제빙 주기장 – 제빙 – 활주로 – 이륙'의 순서로 늘어난다는 얘기다. 일반적인 상황과 비교했을 때 눈이 내리면 적어도 서너 배 이상 관제 교신이 늘어나는 것 같다. 계류장 관제소만 해도 제방빙존 Deicing Zone을 배정하고 순서를 지정하는 좌석, 제방빙장 Deicing Pad을 지정하고 관할하는 좌석, 원래 계류장 관제 좌석을 지원하는 좌석까지 해서 한 관제소에 인원이 족히 두 배는 더 필요하다. 그런데 처리해야 할 게 관제 교신만 있는 것은 아니다.

항공기가 지나다니는 유도로도 눈이 쌓이고 심지어 얼어붙는다. 유도로 제설 작업도 항공기 제방빙 작업과 동시에 진행해야 한다. 유도로가 깨끗하게 닦여 있어야 항공기가 미끄러지지 않고 안전하게 지나다닐 수 있기 때문이다. 활주로와 근처 유도로는 제설작업 우선순위여서 장비가 많이 투입되지만, 주기장 근처의 계류장 유도로는 그 길이와 규모에 비해 제설 차량이 적게 투입되어서 눈이 오면 닦고, 또 닦기를 반복할 때도 있다.

계류장 관제사는 항공기 순서를 정해 제빙장으로 항공기를 이동시키고, 제설 차량 행렬을 무전기로 통제해야 한다. 제빙 대기가 길어지면 항공사나 조업사에서 관제소로 문의 전화가 빗발친다. 이럴 때 전화까지 응대하다 보면 한숨이 절로 나온다. 눈이 오면 원래 있던 주파수에서 정상적으로 교신할 수 없을 만큼 항공기가 몰려 관제석을 추가로 더 여는데, 대부분 주파수로 조종사와 교신하느라 정신이 없다. 몰아치는 전화를 받을 사람도 자리를 지켜야 하니 추가 근무는 선택이 아닌 필수라고나 할까. 뭐 그렇다.

어느 날, 주간 근무 때였다. 오전에는 여느 때와 다름없이 평화로운 관제실에서 시간을 보내고 있었다. 예보에 따르면 강설은 오후 1시쯤부터 시작될 예정이었다. 얼추 1시가 되자 갑자기 창밖으로 엄청난 눈이 쏟아지기 시작했다. 눈이 얌전히 내리면 그나마 괜찮은데 저시정까지 겹치면서 바깥이 잘 보이지 않

았다. 그러니까 유도로에 눈이 쌓인데다 등화 시설과 표지가 보이지 않는 지경에 이른 것이다. 도저히 정상적으로 관제할 수 없는 수준이었다. 제빙장으로 들어가라는 지시를 받은 항공기는 유도로 선과 등화가 보이지 않는다며 제빙장 진입이 어렵다고 답하기까지 했다. 총체적 난국이라는 말이 완벽히 들어맞는 상황이었다.

다행인 건 코로나로 항공기가 조금 줄었던 때여서 대설을 겪어보지 못한 나 같은 인력이 상황을 어떻게든 통제하는 게 가능했다. 한바탕 눈이 몰아치고 나니 띄엄띄엄 보이는 항공기 출발에만 신경 쓰면 되었다. 그래도 사람이 계속 필요해 평소보다 4시간이나 더 남아 있었다. 말로만 듣던 연장근무를 직접 경험하는 순간. 한바탕 폭풍이 지나가고 눈 오는 날 처음 제빙을 해봤다는 내 말에 앞으로도 내가 겪을 수많은 상황을 예견하듯 선배는 이렇게 말했다.

"예방주사 맞았네."

관제실이
조용해야 하는
이유

세상 모든 게 늙거나 낡아가듯이 공항도 마찬가지다. 인천공항도 이제 꽤 나이를 먹었다. 지은 지 20년 된 아파트를 두고 오래된 아파트라고 말하곤 하는데, 그렇게 따지면 인천공항도 오래된 공항이라고 할 수 있을 것 같다. 그래도 인천공항을 떠올리면 낡은 이미지보다는 밝고 깨끗한 이미지가 떠오른다. 늘어나는 항공 수요에 발 빠르게 대처하기 위해 활주로를 네 개로 늘렸고, 제2터미널도 확장했으니까. 사실상 섬과 같은 나라에서 거의 하나이다시피 존재하는 관문이기도 하니 고소한 라떼 느낌보다는 톡 쏘고 맑은 탄산수 느낌이었으면 좋겠다.

최근 인천공항은 오래된 여객터미널 화장실을 리모델링하고 유도로 포장면을 보수했다. 제1계류장관제소도 지은 지 20년이나 되어 관제석 시설 개선 공사를 진행했다.

계류장 관제사는 평소 업무를 할 때 헤드셋을 착용하지 않는다. 관제 통신장비인 VCCSVoice Communication Control System 스피커를 통해 주파수로 들려오는 목소리를 듣는다. 관제 교신 말고도 지상 견인이나 타 관제기관과 전화 협의를 동시에 해야 하기 때문이다. 스피커로 관제 교신을 하는 만큼 관제실은 보통 조용한 편이다. 관제석이 하나뿐이라면 그야말로 '고요 속의 외침'일 것이다. 아주 조용하고 차분한 분위기에서 관제 교신만 클래식처럼 울려 퍼질 테니. 관제실에서는 시끄럽거나 딱히 부산스러울 일이 없는데다 관제사들끼리 잡담도 하지 않아 나는 관제실이 조용하다는 걸 당연하게 생각하고 있었다. 제1계류장관제소의 시설 개선 공사가 시작되자마자 나는 고요 속의 관제실이 얼마나 소중했는지 새삼 깨달았다. 익숙함에 속아 소중함을 잊지 말자고 했던가. 책상을 전부 교체하고 바닥을 뜯어 전선을 정리하는데, 드릴과 쿵쿵거리는 망치 소리 때문에 도저히 스피커로는 관제 교신이 불가능한 수준이었다. 스피커 볼륨을 높여 교신은 가능했지만 문제는 소리가 아니라 집중력이 흐트러진다는 거였다. 더이상 안 되겠다 싶어 헤드셋을 착용했다. 마치 래퍼가 귀에 대고 소리치는 것처럼 관제 교신이 생생히 들리자 그제야 만족스러웠다.

정숙한 독서실 분위기에서 오랫동안 근무해서일까. 선배 관제사들은 여러 감각에 무척 민감하다. 엄청 작은 소리를 잘 듣기도 하고, 심지어 누군가는 타워가 흔들리는 것까지 알아맞힌다. 폭풍우가 몰아치고 바람이 세게 부는 날 나는 전혀 느끼지 못한 흔들림을 감지한 선배가 "봐, 흔들렸잖아" 하는데 소름이 돋기도. 이게 다 관제를 하면서 생긴 예민함과 동물적 감각에서 오는 게 아닐까. 관제사는 외부 환경에 영향을 많이 받을 수밖에 없다. 여러 감각을 모두 활용해 일하기 때문이다. 교통 상황을 확인하기 위해 시각을, 무선 교신을 위해 청각을 발달시킨다. 귀신 같은 육감도 필요하다. 비정상 상황을 재빨리 알아차리고 순발력 있게 대응해야 하니까. 집중력은 말할 것도 없다. 교통이 몰리는 시간에는 뇌의 용량을 모두 끄집어내 써야 한다.

학창시절에는 너무 깊이 잠들어 휴대전화 알람을 듣지 못하곤 했는데, 관제사로 오래 일한 탓인지 소리에 예민해져 그런 일은 더이상 발생하지 않는다. 이제는 아파트 관리사무소 방송 소리에도, 아주 작은 휴대전화 진동 소리에도 벌떡 일어난다. 세상 모르고 자다가 지각하는 일은 다행히 없겠지만, 가끔은 해가 중천에 뜰 때까지 누워 있던 때가 그립기도 하다.

관제사는 설날이나 추석 연휴라고 해서 남들처럼 쉬지 못한
다. 까치도 이런 명절에는 제 부모 찾아갈 것 같은데, 휴일이고
명절이고를 불문하고 정해진 근무일에는 반드시 출근해야 하는
숙명을 가진 교대근무자는 스케줄을 보지 않고도 이번 연휴에
도 당연히 친척을 못 보겠거니 한다. 주중이지만 공휴일인 날에
는 출근길 동네가 더 적막하다. 버스를 못 탈까 싶어 총총 뛰어
정류장으로 가는데 적막한 길을 울리는 구두 굽 소리가 경쾌하
다. 나처럼 뛰어오는 사람이 없나 주위를 둘러봐도 출근하는 사
람은 나뿐이다. 명절이라 출근길 전철도 텅텅 비어 있다. 간간이
보이는 사람들은 비슷한 신세로 출근하는 근무자들이다. 공항이
또다른 집인 사람들 무리에 섞여 피곤한 눈을 감는다.

우리 팀 관제사는 4분의 1 확률로 새해 일출을 관제탑에서 볼 수 있는데, 운 좋게도 나는 몇 번이나 당첨됐다. 12월 31일 18시에 출근하는 야간 근무를 하면 다음 해 1월 1일 09시에 퇴근한다. 집을 나서면서 가족에게 "내년에 만나" 하고 농담 같은 진담을 던질 수 있다. 동정과 사랑을 담아 쳐다보는 눈을 뒤로하고 현관을 나선다. 많은 사람이 쉴 때 하는 슬픈 출근이지만 주파수 너머로 위안으로 삼을 만한 배려 섞인 격려가 날아오기도 한다. 겨울은 관제 교신에서 한국어가 가장 많이 들리는 시기다. 일반적인 교신을 할 때는 전부 영어로 된 관제 용어를 사용하고, 한국인 관제사와 한국인 조종사끼리도 영어로 인사를 나누지만, 크리스마스와 설날에는 다정하고 따뜻한 한국어 인사가 오간다. 겨울에는 날이 추워서 그런가? 물론, 외국인 조종사에게는 시기에 맞는 인사말을 영어로 건넨다.

크리스마스에는 "Merry Christmas"라는 인사가, 연말과 연초에는 "Happy New Year"라는 인사가 관제 주파수에서 정답게 울려 퍼진다. 그렇게 인사를 주고받는 날이 오면 하루에도 열 번 넘게 조종사가 건네는 복을 받을 수 있다. 비슷한 처지인 사람들끼리 나누는 동료애 같은 것이랄까.

가끔 인사말로 고마움을 표하는 조종사를 만나기도 한다. 습관이 되었는지 말끝마다 "Thank you"를 붙이는 조종사도 있고, 우선순위를 주면 고맙다는 말을 전하기도 한다. 대부분은 헤어질 때 하는 인사 대신 감사하다는 말을 건넨다. 지난밤 관할 구역을 떠나 다른 곳으로 가는 조종사도 내게 "감사합니다"라고 말해주었다. 한국어로 인사를 받으면 보통 "수고하십시오"라고 받아치는데, 그날따라 왠지 모르게 "별말씀을요"라고 대답하고 싶어졌다. 왜 고마움에 대한 답이 한국어로는 "별말씀을요"라는 이상한 문장일까? 겸손을 미덕으로 여기는 동양 문화에서 온 답이 아닐까. 사실, 실생활에서 우리는 "천만에요" "별말씀을요" 같은 말을 거의 사용하지 않는다. 누군가 고맙다고 하면 "에이, 아니에요" 하고 말지. 어쨌든 이 '고마울 일도 아닌데요, 뭐'라는 뜻을 가진 표현들은 전부 스스로를 낮추는 것을 선으로 여기는 동양적 가치관에서 비롯된 것 같다. "감사합니다"에 "수고하세요"라고 응하는 게 좀 웃기지 않은가? 사실 "수고하세요"라는 말이나 "수고 많으셨어요"라는 말은 상급자나 웃어른에게는 쓰지 않는 인사다. 나는 상대에 대한 존중의 표시로 그 말을 쓰지 않는 게 좋겠다고 생각해 왔다. 그럼, 감사함을 전해오는 말에 대체 뭐라고 답해야 할까? 영어로는 대강 이렇게 대답하라고 한다. "You're welcome. My pleasure. Anytime." 반대가 되어보니 제일 듣기 좋은 말은 "My pleasure(제 기쁨인걸요)"일 것 같다. 그렇다고 이렇게 말하면 괜히 드라마나 영화에 나올 법한 대사를 하는 것 같고…. 헐! 오늘도 쓸데없는 고민을 하다 하루가 다 갔다.

나흘에 한 번
외박하기

모든 관제사에게는 밥도 먹고 잠도 자는 별장이 있다. 내가 쓰는 별장은 높이가 꽤 되는 뷰 맛집인데, 걸어서 각종 식당이 즐비한 터미널까지 1분이면 갈 수 있는 찐 공항세권인 데다 오션뷰, 마운틴뷰, 에어플레인뷰 등 뷰라는 뷰는 다 가지고 있는 역대급 입지다. 바로 관제탑이다. 관제탑에는 모든 뷰를 다 누릴 수 있는 로열층이 따로 있는데, 최상층에 있는 관제실이다. 관제실에서는 비행기도 보이고, 구름도 보이고, 운 좋으면 무지개도 만난다. 날씨가 안 좋으면 퍼붓는 비나 번쩍거리는 번개를 광각으로 마주할 수 있다. 공항이 다 보이는 전망대 같은 전경이어서 관제탑에 견학 오는 사람들이 가장 좋아하는 구경거리기도 하다. 반대로 관제사들은 다른 높은 전망대에 가도 별 감흥이 없다고들 한다.

고급스러운 영종도 별장에는 거의 매일 머물지만 거기에서 자는 건 나흘에 한 번이다. 우리 팀의 현장 교대근무 스케줄은 4일 주기다. 그중 야간 근무를 하는 하루는 저녁과 새벽을 관제탑에서 지내기 때문에 나흘에 한 번은 반드시 외박을 해야 한다. 저녁에 털레털레 출근해서 어두운 밤을 보내고 햇살 쏟아지는 아침에 피곤함에 찌든 몸과 마음을 끌고 퇴근하다 보면 공항 사람들과 반대로 걷고 있다는 느낌이 든다. 물리적으로는 느낌이 아니라 진짜이긴 한데? 아침을 하루의 시작으로 여기는 일상과 하루의 끝으로 여기는 일상에는 큰 차이가 있구나 싶다. 어쩌다가 평범한 5일제 근무가 아닌 교대근무를 하게 된 것인지 고찰해 봤는데, 세부 전공 때문인 것 같다. 항공교통물류학부로 입학해 항공교통학을 전공하면 크게 관제사 또는 항공사 소속 운항관리사라는 두 줄기로 졸업생들이 뻗어나간다. 그런데 재미있게도 둘 다 항공기 운항과 직접적으로 연관된 직업이라 교대근무가 필수다. 전공으로 항공교통학을 선택한다면 교대근무에 대한 몸과 마음의 준비가 되어 있어야 한다는 얘기다.

관제를 20년간 한다면 단순 계산으로 무려 5년은 외박하는 삶을 살게 된다. 스스로는 '잠은 집에서 자야지'라고 좀 딱딱한 생각을 하는 사람인데, 어쨌든 4일마다 바깥에서 자야 하는 신세가 되었다. 다행히 관제탑에서 밤을 보내는 것에 이제는 많이

익숙해졌다. 잠을 깊이 못 자는 건 여전하지만. 일하는 중에 언제라도 비상이 생길 수 있다 보니 자다가 자꾸 깬다. 저녁에 출근해 밤을 꼴딱 새우는 다른 업무보다야 휴식 시간이 주어지니 좀 편하지 않느냐고 말하는 사람도 있지만, 아무리 쉬는 시간이 주어지더라도 집이 아닌 곳에서 밤을 지새는 건 쉽지 않다. 누군가의 근무를 대체해야 해서 두 번 연속 야간 근무를 할 때면 실시간으로 수명이 팍팍 깎이는 느낌이 든달까.

어제도 출근하며 가족에게 이렇게 인사했다. "다녀올게, 내일 봐." 저녁 출근하는 내 모습이 이제는 제법 충성스럽게 관제탑을 지키는 강아지 같다. 근데 관제탑 주인은 누구야?

　운항승무원, 곧 조종사가 아닌 사람이 운항 중 조종실에 무
단으로 들어가는 건 법으로 엄격히 금지되어 있다. 이전에 어떤
조종사가 자녀를 운항 중인 항공기 조종석에 앉혔다가 오토파
일럿이 해제되면서 큰 사고가 발생한 사건 이후로는 더더욱 모
르는 사람의 출입을 금한다. 그런데 관제사는 항공사의 협조를
구하면 꽉 닫힌 조종실 내부를 견학할 수 있다. 누군가 10년 전
나에게 "좀더 나이 먹으면 항공기 조종실도 가볼 수 있을걸?"이
라고 했다면 절대 믿지 않았을 텐데. 코로나가 잦아든 어느 날,
드디어 나도 항공기 탑승훈련(관숙 비행)°을 경험한 관제사가 되
었다.

　° 항공기의 성능과 특성을 체험하기 위해 수행하는 비행.

관숙 비행 당일은 교육받는 날이니 분명 평소보다 편한 마음이었어야 했는데 상황이 정신없이 흘러가 버렸다. 관숙 비행 스케줄이 급하게 결정되어서 그 전주에야 간신히 조종실 탑승 허가를 받았고, 교육훈련 보고서를 작성하는 과정에서 여차저차해 또 결재가 늦어졌다. 얼른 교육 근태를 신청해야 하는데 결재가 나지 않으니 쉬는 날에도 계속 회사 인트라넷에 접속하는 등 정신이 없었다. 그리고 비행 날 아침에는 탑승 허가증을 출력해 오지 않은 죄로 비행기에 오르지도 않았는데 나는 무척이나 허둥대고 긴장해야 했다. 다행히 면세구역 카페에서 허가증을 출력할 수 있었다. 여러모로 험난한 일정의 시작이었다. 연결편에 탑승했기 때문에 기내에서 기장님과 부기장님을 만났다. 교육 전부터 걱정했던 게 하나 있었는데, 운항승무원 입장에서 초면인 사람이 조종석 뒤에 앉아 일하는 걸 구경하는 게 썩 기분 좋은 일이 아닐 수 있겠다는 점이었다. 그러나 걱정이 무색하게도 어색한 웃음을 띠며 조종실로 들어간 애송이를 기장님들은 따뜻하게 맞아주셨다. 이게 말이 쉽지 반대로 내가 일하는 동안 바로 뒤에 모르는 사람이 붙어 관제하는 모습을 쳐다본다면 마음이 편치 않을 것 같다. 누구라도 부담스럽고 예민해지지 않을까? 낯을 많이 가리는 나는 그곳에 있는 동안 대화를 건네는 게 무척 조심스러웠다.

어색한 첫 관숙 비행이었지만 몇 가지 새로운 정보를 알 수

있었다. 관제기관에서 대기하라고 지시하는 경우 지연 사유는 크게 중요하지 않고 대신 예상 지연시간을 같이 알려주는 편이 더 도움이 된다는 것. 각 항공기를 구별할 수 있게 하는 '트랜스폰더 코드Squawk Code°'는 버튼을 눌러가며 직접 맞춘다는 것. 관제 주파수는 항상 모니터하고 있다는 것. 지상 이동을 할 때는 어떤 유도로를 통해 활주로나 게이트까지 갈지 미리 그려본다는 것. 목적 공항에 도착하기 전 게이트가 몇 번인지 접근 단계부터 미리 알 수 있다는 것. 작은 궁금증들이 깔끔하게 해소되어 기분이 좋기도 했지만, 한편으로는 이런 생각이 들기도 했다.

평소 나는 관제사와 조종사는 근무 환경이 너무 상이할뿐더러 서로 다른 걸 보고 있다고 생각했다. 조종사의 고민은 승객의 안전과 출도착 시간 준수, 관제 교신, 연료, 이착륙 관리, 날씨 같은 여러 요소인 반면, 관제사의 고민은 딱 하나, 바로 '관제'라고만 여겼고.

관제사는 '항공기의 충돌 방지'를 위해 '운항승무원과 교신하는 것'을 주 업무로 삼아 하루의 시작을 관제로 열어 그 끝을 관제로 마무리한다. 관제 업무 말고도 유도로에서 진행되는 등화나 토목 작업의 가능 여부를 판별하는 것도 작업자와 항공기

° 관제기관이 각각의 항공기를 식별할 수 있도록 하는 네 자리 숫자로, 항공기의 ATC 트랜스폰더 장치에 입력한다. 0000부터 7777까지의 숫자를 사용한다.

의 충돌을 방지하기 위한 일이다. 그런데 막상 조종 업무를 구경하고 있으니 이런 생각이 들었다. '운항하는 중에도 관제사의 역할이 꽤 크구나.' 바쁘게 체크리스트가 진행되는 중에도 헤드셋으로 비행편을 찾는 관제사의 목소리가 들려오면 운항승무원의 눈은 관제 교신이 지시하는 계기판을 좇았고, 손은 마이크 버튼으로 향했다. 심지어 비슷한 편명을 가진 다른 항공편을 부를 때도 순간적으로 관제사의 목소리에 집중하는 게 느껴졌다. 항공편의 전체적인 운항 단계를 관제사가 옆에서 지켜보며 도와주고 있었다. 관제사와 조종사는 완전한 동업자 관계였다. 이런 걸 좀 느껴보라고, 관제실에 갇혀 모니터 화면으로만 보지 말고 같이 움직이면서 다른 시각에서 항공을 바라보라고 관제사에게 관숙 비행을 시키는 거였다. 운항승무원의 세계를 조금이라도 더 이해할 수 있었던 날이었다.

역시 공항은 많은 사람의 노력으로 지탱되는 큰 유기체다. 모두가 '안전하고 효율적인 항공기 운항'이라는 큰 목표 아래에서 자기 몫을 해내고 있었다. 모든 항공종사자에게 관숙 ○○을 경험하게 해주면 안 되나 싶었다. 일일 관숙 객실 승무원, 관숙 정비, 관숙 운항관리, 가능하다면 관숙 지상조업도? 역시 사람 욕심은 끝이 없다.

관제사가 생각하는
국가별 조종사
이미지

계류장 관제사는 1관제소와 2관제소를 번갈아 가며 근무한다. 1관제소에서는 1터미널과 탑승동, 화물터미널을 담당하고, 2관제소에서는 2터미널 관제를 맡는다. 다양한 국적의 항공사가 오가는 인천공항 1터미널과 탑승동 관제를 하는 날에는 하루에도 수십 개 나라 사람들과 이야기한다. 가깝게는 아시아에서부터 멀게는 유럽과 아프리카에 이르기까지. 물론 가장 많이 만나는 건 한국인이고 체감상 그다음이 중국인 그리고 미국인이다. 몇 년간 관제하며 데이터를 축적하다 보면 나라별로 큰 특징이 잡히기도 한다.

대한민국 – 가장 마음 편하게 관제할 수 있는 대상은 당연히

한국인 조종사다. 영어를 기본으로 하는 관제 교신이 조금 답답하게 느껴질 때는 스스럼 없이 한국어로 소통할 수 있기 때문이다. 엉성한 내 영어 발음을 찰떡같이 알아듣고, 인천공항을 자주 왕래해 유도로에 익숙한 사람들이기도 하다. 또 감사 인사나 덕담을 가장 많이 주고받아서 내적 친밀감이 생길 때도 있다. 가끔 외항사의 한국인 조종사가 너무나 유창하게 한국어로 작별 인사를 할 때가 있는데, 흠칫 놀랐다가 재빨리 한국어로 반갑게 화답한다.

중국 – 중국 조종사의 가장 큰 특징은 '복창Read Back'한 관제 지시는 반드시 지킨다는 것이다. 물론 서로 억양이 달라 영어로 소통하는 데는 어려움이 있지만, 일단 관제 지시를 이해하면 무슨 일이 있어도 그 지시대로 진행한다. 지시를 위반하지 않기 때문에 어떻게 보면 가장 믿음직스러운 사람들이다. 또 웬만하면 항공기가 지연되는 것에 짜증을 내거나 클레임을 걸지 않는다. 하루에 꽤 여러 편의 중국 항공기와 교신하는데, 순서가 뒤로 밀려도 그러려니 하고 기다려 주어서 너무 고맙다.

일본 – 일본과 한국을 잇는 비행 편수에 비해 일본 조종사를 만나는 일은 많지 않다. 인천과 일본을 잇는 대부분의 항공편은 우리나라 항공사가 운항하기 때문이다. 가끔 일본 조종사를 만나면 영어 발음에 일본어 억양이 묻어 있다. 일본 피치항공이 '111'을 편명으로 사용할 때가 있는데, 일본인 조종사가 이를 "에아 핏치 왕왕왕APJ111"이라고 하는 바람에 웃음이 터진 적도 있다. 실제로 들어보면 정말 귀엽다. 외국인 조종사 중에는 중국과 함께 관제 지시를 잘 따르는 편이다.

미국·캐나다 – 발음만으로 미국인인지 캐나다인인지 구분하기가 어려워 묶어보았다. 이들은 전체적으로 쿨하다. 살짝 잘못한 부분이 있어도 '이 정도는 조종사 재량이지' 하고 넘어가는 느낌? 관제 교신을 할 때는 오로지 청각에만 집중하다 보니 발화자의 감정이 느껴진다. '저 조종사 기분 되게 좋아 보이네' 싶으면 대부분 캐나다나 미국 조종사다. 자기들에게 가장 편한 언어로 말할 수 있어서 그런지 말투에서 여유로움이 묻어난다. 보통은 정해진 관제 용어를 사용하기에 교신에는 문제가 없지만, 프리토킹이 시작되면 귀를 쫑긋 세우고 잘 들어야 한다. 어색한 영어로 대답하면 눈치껏 잘 알아듣기도 하고, 관제사가 잘못 이해한 것 같으면 쉬운 단어를 사용해 다시 한번 천천히 말해주어 고마울 때도 있다.

독일 – 독일 조종사는 미국과 캐나다 조종사에 비해 조금 서두르는 느낌이 난다. 보통 본인 항공기가 진행하는 유도로 앞에 다른 항공기가 있으면 그 항공기가 이동할 때까지 기다렸다가 따라가는데, 독일 조종사들은 다른 길로 가면 안 되냐고 자주 물어본다. 그리고 4000미터나 되는 활주로를 다 사용할 필요가 없는지 '중간이륙Intersection Departure'을 요청하는 이들도 대부분 독일 조종사다. 운항에서 효율성을 중시하는 것 같다. 한 가지 더 두드러지는 점은 이른바 '젠틀함'이다. 관제사에게 불만을 제기하는 일이 거의 없으며, 요청이 받아들여지지 않았을 때도 이해하고 넘어가려 한다. 첫 교신 때 흥겹고 반갑게 인사를 건네는 이들도 독일 조종사다.

필리핀 - 동남아시아 국가 중에서 필리핀을 꼽은 데는 이런 이유가 있다. 첫째로 영어를 잘한다. 영어와 타갈로그어를 공용어로 사용하는 덕분이다. 따라서 영어 소통이 아주 원활하다. 한국인 관제사의 콩글리시조차 잘 알아듣는 편이다. 필리핀 조종사는 엘리트 집단인 것 같다는 생각도 든다. 푸시백 지시가 평소와 달라 조종사 입장에서 이해하기 조금 어려운 상황에서도 90% 이상 잘 알아듣고 제대로 이행한다. 또 인천공항 절차에 대한 숙지가 무척 잘 되어 있는 듯하다.

말하고 보니 조종사가 생각하는 한국인 관제사의 이미지도 조금 궁금해지는걸!

항공교통관제사와
MBTI

MBTI의 세계는 알면 알수록 흥미롭다. 혹자는 유사 과학이라고 깎아내리지만, 사실 두 명의 심리학자가 만든 역사 깊은 심리 검사다. 대부분은 휴대전화로 쉽게 접속할 수 있는 인터넷 페이지에서 몇 분 만에 쿨하게 검사를 끝내버리는데, 그래도 혈액형이나 별자리, 띠를 가지고 사람 성격을 구분하는 것보다는 훨씬 논리적이고 통계학적인 신뢰도가 높다. MBTI에 한창 꽂혔을 때는 항공교통관제사가 되기에 적합한 MBTI는 무엇인지에 대한 궁금증이 생기기도 했다. 구글에서 '관제사 MBTI'를 검색하니 관제사는 ISTP 유형에 적합한 직업이라는 글이 많았다. 내 유형인 ISTJ가 관제사 그 자체인 줄 알았는데? 사실 '이렇게 관제하겠다!'라는 계획을 세워도 단 5초 만에 와장창 깨지는 것이 관제라서 틀린 말은 아니라고 생각했다.

아주 찝찝한 검색 결과 덕에 관제사와 MBTI의 관계를 궁금해한 사람이 그동안 정말 없었는지 의문이 생겼다. 아름다운 지식의 보고인 구글에서는 한국어보다 영어가 잘 먹히기 때문에 'ATC MBTI'로 다시 검색해 봤다. 그랬더니 무려 15년 전 미국 연방항공청에서 연구한 논문이 검색되었다. 논문 제목은 〈A Longitudinal Study of Myers-Briggs Personality Types in Air Traffic Controllers〉다. 표본은 무려 6420명으로, 1982~1985년 사이 미국 연방항공청의 항공교통관제사 선발 과정에 입과한 사람 수다. 남성이 5588명으로 전체의 약 87퍼센트를 차지했고 나머지 832명은 여성이다. 논문에 따르면, 일반인 남성은 ISTJ와 ESTJ 비율이 각각 19.4퍼센트와 12.9퍼센트다. 그런데 남자 관제사는 일반인보다 ISTJ와 ESTJ 비율이 훨씬 높다. 각각 24.1퍼센트와 21.9퍼센트로 두 유형을 합쳐 거의 전체의 반이다. 여성에게서도 비슷한 결과가 나왔다. 재미있는 건 일반인 여성은 ISFJ의 비율이 가장 높았는데, 여자 관제사로 돋보기가 옮겨가면 비율이 눈에 뵈지도 않을 만큼 작아진다는 것. 전체적으로 봤을 때 관제사는 FP보다는 TJ 유형이 많다는 걸 알 수 있다.

이 연구 결과가 전부인 건 아니지만 내 궁금증을 해결해줄 답은 대략 나왔다. 관제사 중에서는 ISTJ와 ESTJ 유형이 가장 많다. 그런 사람이 많다는 건 이런 유형을 가지고 있을 때 관제사라는 직업을 갖기 용이하다는 의미이고, 따라서 ISTP가 관제사에 가장 적합한 유형이라고 인터넷에 떠도는 글은 틀렸다. ISTP의 비율은 관제사 집단에서 더 낮거나 일반인과 같다. 또 하나 주목할 수치는 NTJ의 약진이다. INTJ 또는 ENTJ 유형은 관제사 집단에서 일반인보다 그 분포 비율이 약 두 배, 많게는 네 배까지 많았다.

이런 결과는 1980년대 미국의 항공교통관제사 선발 과정 입교생을 대상으로 한 연구이기 때문에 한국 관제사 집단에 똑같이 적용하기에는 무리가 있다. 그래서 내가 직접 우리 팀 관제사 선후배의 MBTI를 조사해 봤다. 결과를 발표하기 전 덧붙이고 싶은 몇 가지 사항이 있다. 내가 조사한 표본은 아주 적기 때문에 모든 관제사를 대변할 수 없다는 것. 또 정식 MBTI 검사 결과가 아니라 설문조사 응답이라는 것. 단순히 어떤 유형의 수가 '많다'는 것을 나타낼 뿐 어떤 유형이 '낮다'는 뜻은 아니다.

항공교통관제사(계류장 관제사) MBTI 조사

- 조사 대상: 우리 팀 관제사 20명
- 조사 기법: 대면 구술 조사. "혹시 MBTI가 어떻게 되세요?"라고 직접 질문했거나 간접적으로 전해 들음. 직접 질문한 경우가 훨씬 많다.
- 조사 결과: 1등 ESFJ. E≒I, N≒S, F>T, J>P

1980년대 미국 관제사 집단에서는 TJ 유형이 많았지만 계류장 관제사는 FJ 유형이 상당했다. 총 16개 유형 중 가장 많은 유형은 ESFJ였다. 둘째가 ISFJ. E와 I 그리고 N과 S의 비율은 비슷했다. F와 T 중에는 F가, J와 P 중에는 J가 압도적으로 많았다. 우리 관제소에는 FJ 유형이 제일 많았다. 미국 연구에 따르면 TJ 유형이 관제사에 적합하다고 볼 수 있지만. 세상에는 아주 각양각색의 유형이 존재하고 MBTI는 수시로 바뀌니 재미로만 보자.

이러다 숫자와
결혼하게
생겼어요

관제사는 '시Time'에 예민한 편이다. 나는 시간과 시각에 집착한다. 앞서 언급했듯 휴대전화 시간도 24시간제로 설정해 놓았다. 선배 관제사도 비슷하다. 한번은 운전 중에 앞쪽에서 다른 차끼리 접촉 사고가 났다고 한다. "그때 내가 무슨 행동을 했을 것 같아?"라고 선배가 묻기에 "구급차를 부르셨어요?"라고 했는데, 돌아오는 대답이 놀라웠다.

"아니, 바로 시계를 확인했어."

관제사가 관할구역 내에서 항공기 사고를 목격하면 바로 취해야 하는 행동이 있다. 일단 발생 시각과 기상을 확인하는 등 정보를 수집해야 한다. 그래서 선배는 접촉 사고를 목격하자마자 무의식적으로 시계에 눈이 갔던 것이다.

좁게는 시간에 집착한다면, 넓게는 숫자 전체에 집착하는 면도 있다. 특히 2터미널 탑승구 번호인 231부터 291까지의 숫자를 보면 자꾸 인천공항 지도를 머릿속에서 그린 뒤 주기장 위치를 짚어낸다든지, 각 주기장에 맞는 푸시백 절차를 곱씹는다. 집 앞 프랜차이즈 카페에서 주문번호 265번 같은 게 적힌 종이를 받아 들면 괜스레 친밀감이 느껴지면서 갑자기 표준 푸시백 절차 같은 게 자동으로 떠오른다. 존재하지 않는 주기장 번호인 244 같은 숫자를 보면 뭔가 찜찜하고 기분이 이상하고.

한번은 1터미널 주기장 중에서 내가 좋아하는 주기장 번호들을 꼽아 로또를 산 적도 있다. 1터미널 주기장은 1번부터 50번까지인데, 없는 게이트와 버스 게이트를 제외하면 총 44개로 구성되어 있다. 그중 내가 좋아하는 주기장을 말하자면 푸시백을 했을 때 근처 유도로에 크게 지장을 주지 않는 곳이다. 예를 들면, 끄트머리에 위치해서 부담 없이 푸시백을 해도 되는 1, 2번이나 50번, R7 유도로와 가까워 보이지만 푸시백을 해도 전혀 문제가 없는 37번 주기장 같은 곳이다. 그런 숫자로 로또 용지에 열심히 색칠했는데, 결과는….

관제 교신에서 숫자가 엄청 쓰여서 그런지 글을 쓸 때도 습관이 생겼다. 어떤 주장에 대한 근거로 보통 '통계자료' 같은 걸 확인하곤 한다. 숫자가 명확하고 깔끔한 근거로 사용되기 때문이다. 이렇게 숫자에 집착하다가 숫자와 결혼하게 생겼다.

숫자 말고 하나 더 신경 쓰이는 게 있다면 바로 '명령조 말투'다. 관제사는 조종사와는 영어로 소통하지만, 계류장에서 빈 항공기를 끌고 가는 지상조업 직원과는 한국어로 소통한다. 예를 들어 1번 주기장에서 R1 유도로를 지나 다른 곳으로 가야 하는 상황이 생기면 보통 "견인 ○호, R1 17번 뒤 대기하세요."라고 말하곤 하는데 맨 처음에는 적응하는 게 힘들었다. 나는 서비스업에서 아르바이트한 여러 경험을 토대로 갖가지 쿠션어를 사용하면서 최대한 예의 있게 돌려 말하는 스타일인데, 그런 미사여구를 다 빼고 간결하고 명확하게 말해야 하는 게 쉽지 않았다. 이제는 나름 익숙해져서 관제 지시를 짧게 하지만, 조업사 직원들에게 뭔가 부탁해야 하는 상황이 생겼을 때는 "~해주시겠어요?"라고 말할 때가 있다. 말이 길어지기 때문에 권고하지 않는 말투다.

이처럼 일할 때 '~하세요'라는 명령형 어미를 사용하다 보니 실생활에서 자꾸 그런 말투가 튀어나올 것만 같아 신경이 쓰인다. 친구와 대화하다가 나도 모르게 명령조로 얘기했다 싶으면 얼른 사과하고 때로는 직업병이라고 변명까지 한다. 숫자와 친해지는 건 괜찮은데, 명령조 말투와는 영 친해지고 싶지 않아서다. 혹여 주변에 어떤 관제사가 자꾸 지시하듯 이야기한다면 그냥 직업병이겠거니 하고 넘어가 주시길.

실수투성이지만
잘할 거야

　누구나 그렇듯 나 역시 내 직업과 업무에 엄청난 스트레스를 받을 때가 있다. 365일을 꽉 채워 다섯 번이나 일했는데도 아직 업무가 익숙하지 않다는 느낌이 들 때다. 주간 근무만 하는 주간 전문 관제사로 일할 때 사무실에서 몇 개의 과제를 받았다. 사소한 업무부터 계약 건까지. 몇 년 만에 다시 만난 행정 일이 너무 낯설고 혼자서는 아무것도 할 수가 없을 것 같아서 친한 입사 동기에게 어떻게 해야 하는 건지 물어보는 것부터가 업무의 시작이었다. 미생은 당연히 벗어난 줄 알았는데 아직 관제에서도, 행정에서도 미생이 아니라 미생물 정도밖에 안 된다는 걸 깨닫고 절망했다. 행정 업무는 해본 경험이 없으니 그렇다 쳐도 관제만은 꼭 잘 해내고 싶었다. 그래도 현장에서 몇 년을 일했는데 관제를 못한다는 이야기는 끔찍이 듣기 싫었다. 코로나가 종식되고 인천공항 항공기 운항 편수가 회복돼 하루 400대 정도였던 교통이 1000대 이상으로 급격히 늘어났다. 전에는 내가 맡은 관제 시간 동안 한마디도 못 하고 다음 근무자와 교대하는 일도 있었는데, 이제는 정신을 차리기 힘들 만큼 바쁜 시간이 생겼다. 마이크를 잡으며 긴장하는 날이 반복되었다. 내 관할구역이 너무 붐벼 어떤 항공기를 놓쳤을 때는 나도 모르게 주파수로 응답하는 목소리가 떨리곤 했다.

긴장하는 바람에 실수라도 하면 하루를 망친 기분이 들었다. 관제석에서 내려오고 나서도 계속 실수를 곱씹으며 자책하는 시간이 길었고, 집에 돌아가서도 실수를 놓아주지 못하고 잠자리까지 끌고 갔다. 동료 관제사가 어딘가에서 내 욕을 하며 손가락질하고 있을 것만 같았다. 마음이 우울해 가족 앞에서 눈물을 보이는 시간이 많아졌다. 더이상 못 하겠다고, 과연 이 일이 익숙해지겠냐고 스스로에게 반문하는 시간이 늘었다. 이도 저도 못하고 도움조차 안 되는 신세가 된 것 같아 울적한 날에는 친한 학교 선배에게 전화를 걸었다. 모 항공사에서 운항관리사로 일하고 있는 선배는 얼마 전 진급했다고 한다. 5년 차인데도 아직 업무가 힘들다고 푸념을 늘어놓자, 선배는 우리 같은 '코로나 기수'는 어쩔 수 없다며 걱정 섞인 위로를 건넸다. 못하는 건 당연하니까 조금 더 버텨보라는 이야기도. 듣고 보니 3년 동안 코로나라는 변수가 나를 괴롭힌 것이지 내 잘못은 아니라는 쪽으로 마음이 정리되었다. 내가 미생인 건 내 잘못이 아니라 환경 탓이었다며 스스로를 다잡았다. 그렇게 일 년이 흘렀다.

관제를 더 잘하고 싶어서 일부러 어려운 시간에 하겠다고 나서는 일이 생겼다. 바쁜 시간대에는 자진해서 동료의 지원 관제사°역할을 하기도 했다. 불확실한 지식에 대한 확신이 생기고 바쁜 상황에 익숙해지다 보니 어느 순간부터 더이상 관제가 두렵지 않았다. 시간이 지난 지금은 오히려 바쁠 때 마이크를 잡는 게 재미있을 지경이다. 교통이 적으면 심심하기도 하니까.

여기까지 오는 데 정말 많은 사람의 도움이 있었다. 가까이는 가족과 친구들의 응원이 있었고, 실수하더라도 질책하지 않고 든든히 뒤를 받쳐준 많은 선후배 관제사의 지지와 믿음이 있었다. 퇴직금으로 유학을 가볼까 했던 지난 고민은 흔적도 없이 사라졌다. 이게 다 내가 갚을 수 있는 은혜인가 싶다. 엉망진창 관제사를 1인분 하는 평범한 관제사로 만들어 준 이들에게 감사와 존경의 마음을 전한다.

돌이켜 보면 그 힘든 시기가 다 추억이 되었다. 어떤 힘든

° 관제석에서 실제 주파수로 교신하는 관제사를 돕는 역할을 하는 관제사. 항공기가 많아 교신이 바쁠 때 계류장 관제소에서 실제로 운영하는 관제석이다. 보통은 견인 차량을 통제하거나 업무 전화를 대신 받아준다.

일에 맞닥뜨려도 버티고 버티면 해낼 수 있다는 걸 몸으로 깨달았던 시기였다.

3장

재미있게, 즐겁게!

숫자 'Three'를
어떻게
발음할 것인가

　5년 동안 영어를 써왔고, 앞으로도 20년은 더 사용해야 하는 직업이지만 아직도 영어가 어렵다. 짧은 여행 빼고는 해외 체류 경험이 없다 보니 실전 영어인 듣기와 말하기가 유창하지 않다. 영어로 일상적인 의사소통은 할 수 있지만, 깊은 토론은 안 되는 딱 그 정도 수준이다. 문장을 어려운 구조로 말하는 것이나 문법에는 약한 편이지만 발음은 나쁘지 않다고 스스로 생각해 왔다. 그런데 멀쩡하다고 생각했던 내 'Three' 발음이 이렇게 날 괴롭힐 줄은 몰랐다.

　인천공항은 유난히 유도로나 활주로, 계류장 같은 제원에 숫자 3이 많이 들어 있다. 제일 많이 보는 활주로는 33과 34이고, 1터미널 근처에는 R2와 R3라는 유도로가 있으며, 화물계류장에도 D2와 D3라는 유도로가 존재한다. 3, 33, 233, 336, 633, 833번 주기장은 덤이다. 항공 영어에서는 숫자 3을 'Three'가 아닌 'Tree'로 발음하게 되어 있다. 숫자 2와 혼동이 생기기 때문인데, 바뀐 발음도 'Two'와 비슷해서 아무리 'Tree'라 발음해도 명확하게 구분이 되지 않는다. 숫자 3을 의미하는 영어 단어인 Three는 한글로 '뜨뤼'라고 발음하는 게 가장 이상적이지만, 이렇게 발음하면 조종사가 내 발음을 잘 알아듣지 못한다. 비율로 계산해 보자면 반 정도는 알아듣고, 반 정도는 잘못 알아듣거나 2인지 3인지 다시 묻는다. 이게 내 영어 발음의 가장 큰 문제였다. 안 그래도 바쁜데 내 관제 지시에서 2와 3이 헷갈리면 정말 큰일이 나겠다고 생각했다. 문제를 인지하고 나서 숫자 3의 발음을 어떻게든 알아듣기 쉽게 고쳐보고자 많이 노력했다. 처음에는 발음을 '뜨리'로 고쳤고, 이후에는 '뜨뤼'라고 하며 뒷글자의 억양을 많이 높였다. '트리'도 써봤지만 전부 실패했다. 억양을 바꾸고 발음을 아무리 조정해 봐도 항상 뜻이 잘못 전달되거나 이게 맞냐며 다시 물어오는 조종사가 많았다. 한참 시행착오를 거친 뒤 다행히 어떤 발음에 정착하게 되었다.

콩글리시처럼 편하게 '쓰리'라고 발음하면 모두가 잘 알아들었다. 유레카! 예를 들어 유도로 R3는 '로미오 쓰리'로, 633번 주기장은 '스탠드 식스 쓰리 쓰리'로 편하게 발음한다. 보통 콩글리시는 영어가 모국어인 조종사는 잘 알아듣지 못하는데, 신기하게도 '쓰리'는 모두 알아들었다. 한국인은 물론이고, 영어가 모국어인 사람도, 동남아시아나 중동 조종사도 모두. 숫자 3의 발음 '쓰리'로 뭔가 세계 대통합을 이룬 것 같아 기분이 좋았다.

관제 지시를 영어로 한다는 점은 한국인인 나만 불편한 게 아닌 것 같다. 영어가 모국어인 조종사는 일반적으로 사용하는 관제 용어가 아닌 일상 영어를 섞어 편한 대로 말하곤 하는데, 이게 잘 들리지 않는 문제가 발생하기도 한다. 학부생이던 시절 현장에 있던 선배에게 농담처럼 듣곤 했던 이야기를 내가 실제로 겪게 될 줄이야. 외국인 조종사도 영어가 쉽지 않은 건 마찬가지다. 그들에게는 한국 관제사의 영어 발음과 억양이 어려울 것이다. 원어민의 억양과 한국 사람이 구사하는 억양에 현저한 차이가 있기 때문이다. 이를테면, 'Hold short of D(D 유도로 진입 전 정지해 대기하십시오.)'라는 지시를 우리 관제사는 "HOLD (short) oF delTAA"라고 발음한다. 하지만 원어민이 구사하는 억양으로 들어보면 정확한 발음은 "hold SHORT of DELta"다. 세게 발음하는 부분이 거의 반대다 싶을 정도로 억양에 차이가 있다.

조종사가 알아듣기 쉽게 관제하기 위해 발음할 때 최대한 원어민 발음을 따라 하려고 많이 노력한다. 영어 원어민 조종사의 억양을 기억했다가 써먹어 보기도 하고, 영어 말하기 앱의 도움을 받아 공부하기도 한다. 우리 팀에도 자기 계발을 위해 영어 말하기 수업을 듣거나 영어책을 읽으며 따로 영어 공부를 하는 사람이 많다. 이렇게 열심히 하다 보면 언젠가는 원어민처럼 발음하는 날이 올까?

이거,

그린라이트인가요?

내비게이션 없이 초행길을 가는 건 요즘 세상에선 상상도 하기 힘든 일이다. 내비게이션이 없던 시절, 차를 타고 고속도로에 들면 항상 아빠가 핸들 사이에 지도를 끼우고 운전했던 기억이 난다. 전보다 면허를 따기 수월해진 것도 그 넓은 지도가 다 작은 화면으로 들어왔기 때문일 것이다. 여기에 더해 운전할 때 내가 가야 하는 경로의 도로 한가운데에 초록색 빛이 들어온다면 어떨까? 굳이 내비게이션을 보지 않아도 초록색 빛만 따라가면 손쉽게 목적지에 도달할 수 있다면 운전하는 게 아주 편해지지 않을까?

신기하게도 이미 많은 공항이 내가 말한 방법을 사용해 지상에서 항공기가 가야 하는 길을 안내하고 있다. 곧 유도로 가운데에 등을 켜주는 서비스를 제공하는 것이다. 공항 유도로 중심선을 밝히는 등은 '초록등Green Light'으로 되어 있다. 밤에 어두울 때는 유도로 중심선이 잘 보이지 않으니까 그 위에 초록색 등화를 심어 항공기가 유도로를 잘 식별해 따라갈 수 있도록 안내한다. 인천공항도 각 항공기에 개별 등화 경로를 제공한다. 출발 항공기는 주기장부터 활주로까지 이어지는 경로에 초록등을 밝혀주고, 도착 항공기는 착륙한 뒤 활주로부터 배정된 주기장까지의 경로에 역시 초록등을 밝혀준다.

인천공항에 처음 내린 조종사라면 유도로 이름을 불러줘도 자기가 가진 공항 지도를 한참 들여다보며 주기장을 확인하곤 한다. 또는 표준 동선 대신 다른 길로 가야 하는 상황이 종종 생기는데, 그 경로가 너무 복잡해서 유도로를 다 불러주기 어려울 때가 있다. 이때 관제사도 편하고, 조종사도 편한 방법이 초록등을 따라가라고 지시하는 "Follow The Greens"다. 나는 항공기가 공항에 들어오면 거의 100% 이 지시를 활용하는데, 조종사가 이동 경로를 제대로 복창하지 못하는 경우에는 아주 유용하다. 이른바 'FTGs'의 효과는 대단하다. 관제사는 그 많은 유도로를 다 불러주지 않아도 되니 좋고, 조종사는 지도를 볼 필요 없이 초록등만 따라가면 되니 좋다. 예상했던 경로가 아닌 이상한 경로로 등화가 켜진 경우 조종사로부터 가끔 확인차 문의를 받는다. 관제 용어로는 "Confirm, follow the greens?(초록등 따라

이동하는 거 맞습니까?)"라고 한다. 관제사는 모니터 화면을 확인한 뒤 본인이 의도한 경로가 맞다면 "Affirm(네, 그렇습니다)"이라고 대답한다.

표준 이동 동선과 다르게 항공기를 이동시켜야 할 필요가 있는 경우에는 등화를 제어하는 장비 화면에서 개별 등화 경로를 조작해야 한다. 그런데 이게 생각처럼 한 번에 잘 안 돼서 등화 경로가 꼬이면 조금 난감해지기도 한다. 가끔은 원하는 경로로 아무리 등화를 켜보려 해도 안 되는 때가 있다. 관제하느라 바쁜데 등화 경로까지 신경 써야 하면 손이 다급해지고 마음이 들썩거린다. 그럴 때는 얼른 음성인식 기술이 적용되어 관제사가 불러주는 경로대로 등화가 자동으로 조정되었으면 좋겠다고 생각한다.

창밖으로
손 흔드는
사람들

어느 날 인터넷에서 이런 글을 봤다. 항공기가 활주로로 움직이기 시작할 때 창 바깥에 서 있는 사람들이 손을 흔들며 인사해 주는 걸 좋아한다면서 이런 인사를 받으려면 오른쪽 창가로 예매해야 하는지 왼쪽 창가로 예매해야 하는지 팁을 알려달라는 내용이었다. 주기장에서 유도로에 항공기를 올려놓을 때 항공기 머리가 어느 방향을 향하게 할지 결정하는 건 계류장 관제사의 역할이기 때문에 답은 내가 정확히 알고 있다.

AIP는 'Aeronautical Information Publication'의 약자로, 항공기를 운항할 때 필수로 알아야 하는 정보를 수록한 간행물이다. 국가별, 공항별로 AIP가 있는데, 당연히 우리나라 AIP에는 인천공항 정보가 수록되어 있다. 인천공항 AIP에는 참 다양

하고 많은 정보가 있지만, 계류장 관제사가 달달 외우고 있는 부분은 주기장별 푸시백 절차가 수록된 페이지다. 유도로에 항공기를 올려놓을 때 기수가 어느 방향을 향하게 할지는 우리가 상황에 맞게 조정한다.

예를 들어, 1터미널의 17번 주기장은 독특한 절차를 갖고 있다. 17번은 1터미널의 동측 토끼 귀 끄트머리에 있는 탑승구로, 유도로 R1과 연결되어 있다. 푸시백을 할 수 있는 표준 절차는 아래 세 가지다.

1. **Push back and start up approved to face north.**
   유도로 R1 위에서 항공기 머리인 기수가 북쪽을 향하도록 하는 절차다. 이 절차는 유도로 R7과 R8 중 어디로도 이동이 편해서 이륙 활주로가 1활주로(33L/15R)냐, 3활주로냐(34R/16L)에 상관없이 가장 많이 쓴다.

2. **Push back and start up approved to 53R.**
   항공기 앞바퀴가 53R이라는 특정 지점에 위치하면서 기수가 서쪽을 향하도록 하는 절차다. R1을 지나가야 하는 다른 항공기가 있을 때 이 절차를 사용해 R1 유도로를 개방한다.

3. **Push back and start up approved to face east on R7.**
   유도로 R7 위에서 기수가 동쪽을 향하도록 하는 절차다. R1에서 다른 항공기가 지나가야 하거나 53R에 이미 다른 항공기가 위치하는 경우 사용한다. 이 절차는 견인하는 시간이 꽤 오래 걸리고 주 이동 동선인 R7을 막아버려서 활용도가 떨어지지만, 유도로 R1이 혼잡한 경우 사용한다.

만약 내가 17번 게이트에서 항공기를 타고 출국한다면 과연 어느 쪽 창가에 앉아야 손 흔드는 반가운 인사를 받을 수 있을지 상상해 보자. 확실히 가능성이 높은 1번 절차를 사용한다고 가정하면 왼쪽 창가에 앉아야 터미널 근처에서 손을 흔드는 조업자들과 인사할 수 있다. 2번일 때는 사람들이 오른쪽 차량 도로에 위치하므로 오른쪽에 앉아야 한다. 3번도 오른쪽 창가에 앉아야 조업자들과 인사할 수 있다. 각 주기장의 푸시백 절차별로 인사할 수 있는 방향이 매번 달라지기 때문에 아쉽게도 확률에 맡기는 수밖에 없다.

다른 곳에서도 상황은 비슷하다. 탑승동 113번 주기장은 간단하게 동쪽을 보거나 서쪽을 보는 두 개의 푸시백 절차가 있다. 동쪽에 위치한 활주로로 가면 동쪽을 보는 절차를 많이 사용하고, 서쪽에 있는 활주로로 가면 서쪽을 보는 절차를 많이 쓴다. 동쪽을 보면 왼쪽에, 서쪽을 보면 오른쪽에 앉아야 인사할 수 있다. 이건 관제 흐름이 단순하게 유지될 때 이야기고, 만약 동시에 111번에서 푸시백을 요청하면 두 항공기를 동시에 밀기 위해 원래 생각했던 방향과 반대로 지시해야 할 수도 있다. 그때그

때 교통 흐름과 사용 활주로를 종합적으로 고려해 관제사가 방향을 결정하기 때문에 정말 아무도 예측할 수 없다.

인사를 하는 건 확률에 맡겨야 하지만, 비행기에서 일출과 일몰을 구경할 수 있는 자리는 정해져 있다. 서울에서 제주도를 오갈 때 해가 뜨고 지는 방향을 예측해서 항공권을 예매하는 게 가능한 것인데, 아침에 제주도로 내려가면 항공기가 남쪽을 향하니까 왼쪽 창가에 앉으면 해 뜨는 보습을 볼 수 있고, 저녁에 상경할 때도 왼쪽에 앉으면 서해로 지는 노을을 구경할 수 있다.

관제사가 쓰는
관제 용어
맛보기

유엔 사무총장 반기문, 컴퓨터 백신 개발자 안철수, 피겨 스케이팅 선수 김연아 사례에서 보듯 한 직업에서 유능한 천재가 나오면 곧 그 직업은 학생 여럿의 가슴을 설레게 하는 꿈이 되기도 한다. 아쉽게도 아직까지는 관제사라는 직업이 널리 알려져 있지 않지만 언젠가는 '관제사 붐'이 일어날 수 있지 않을까 기대하고 있다. 그 높은 관제탑 안에서 관제사는 어떤 모습으로 조종사와 대화하는 걸까?

관제사는 각종 장비 모니터와 마이크 앞에서 한 시간 이상 내리 근무한다. 누군가에게 관제사의 모습을 상상해 보라고 한다면 각 잡힌 하얀 셔츠를 두른 채 머리에 헤드셋을 끼고 중얼거리는 사람을 가장 먼저 떠올릴 것이다. 그러나 교대로 밤늦게

까지 근무해야 하고, 일할 때는 깊이 집중해야 하는 데다, 다른 사람이 볼 수 없는 곳에 있기 때문에 보통 관제사들은 편한 복장으로 근무한다. 하얀 셔츠는 언제 입어봤는지 가물가물할 정도다. 가끔은 공항이 일터인 몇몇 직업처럼 관제사도 제복이 있으면 멋지고 좋을 것 같다고 생각하기도 한다. 계류장 관제사는 헤드셋도 잘 쓰지 않는다. 조종사와의 주파수 교신 말고도 여러 가지로 교신하고 협의해야 할 일이 많아 보통 스피커로 교신 내용을 듣는다.

관제실에 견학 온 사람들은 하나같이 이런 얘기를 한다. 관제사가 무슨 말을 하는 것 같긴 한데 전혀 못 알아듣겠다고. 계류장 관제사는 유도로 이름을 자주 사용하기 때문에 알파, 찰리, 브라보 같은 포네틱 알파벳에 익숙하지 않으면 관제 교신이 어렵게 들릴 수 있다. 하지만 자주 쓰는 관제 용어는 정해져 있어서 몇 번 연습하다 보면 입에 금방 붙는다. 관제 용어가 궁금한 사람들을 위해 몇 가지 용어와 적용 사례를 소개한다.

표준 관제 용어 중 자주 쓰는 단어나 어절

- **Affirm or Affirmative**: '예.' Yes와 같다.
- **Cancel**: '취소합니다.' 허가한 사항을 취소할 때 사용한다.
- **Cleared**: '허가합니다.' 활주로와 관련된 사항을 허가할 때 사용한다.

- **Confirm**: '~이 맞습니까?' 또는 '~을 제대로 수신했습니까?'

- **Contact**: '~와 교신하십시오.'

- **Disregard**: '무시하십시오.' 이전에 말한 걸 없던 걸로 하고 싶을 때 사용한다.

- **I say again**: '다시 말하겠습니다.' 했던 말을 강조하고 싶을 때 사용한다.

- **Monitor**: '~을 경청하십시오.' 해당 주파수를 세팅하고 관제사가 말을 걸 때까지 기다리라는 뜻이다.

- **Negative**: '아니오.' No와 같다.

- **Report**: '보고해 주십시오.' 어떤 정보를 알고 싶을 때 사용한다.

- **Request**: '요청합니다.' 어떤 사항을 요청할 때 사용한다.

- **Roger**: '알겠습니다.' 방금 말한 내용을 모두 수신하고 이해했다는 뜻이다.

- **Say again**: '다시 말해주십시오.'

- **Speak slower**: '천천히 말해주십시오.'

- **Standby**: '잠시만요, 대기하십시오.' 잠시 기다려달라고 할 때 사용한다.

- **Unable**: '불가능합니다.' 요청 사항을 거절할 때 사용한다.

- **Wilco**: '그렇게 하겠습니다.' 굳이 복창하지 않아도 되는 내용에 응답할 때 사용한다.

표준 관제 용어를 사용한 관제 교신 예시

Apron: ABC310, Apron, good morning. Push back and start up approved to face east(알파벳310, 에이프런, 좋은 아침이에요. 기수를 동쪽으로 하는 푸시백과 엔진 시동을 허가합니다).

Pilot: Push back and start up approved to face east, ABC310(동쪽을 보는 푸시백 허가요. 알겠습니다, 알파벳310).

Apron: ABC310, Report when ready to taxi(알파벳310, 이동 준비가 완료되면 보고하세요).

Pilot: Roger, we are ready. Request taxi, ABC310(네, 준비됐어요. 이동을 요청합니다, 알파벳310).

Apron: ABC310, taxi via RB, correction, RC, R11. Hold short of A(알파벳310, RB, 정정합니다. RC, R11 유도로를 따라 이동하고 A 유도로 전 정지하세요).

Pilot: Roger, R11. Hold short of A, ABC310(네, R11 유도로로 이동하고 A 유도로 전 정지요, 알파벳310).

(잠시 후)

Pilot: Confirm RB then R11?(RB 유도로 다음 R11으로 이동하는 겁니까?)

Apron: Negative. I say again, ABC310, taxi via RC, R11. Hold short of A(아니요. 다시 말하겠습니다, 알파벳310은 RC, R11 유도로를 따라 이동하고 A 유도로 전 정지하세요).

Pilot: Taxi via RC, R11. Hold short of A(RC, R11 유도로로 이동
하고 A 유도로로 전 정지요, 알파벳310).

　　인천공항에서 계류장 관제사가 푸시백 허가와 이동 허가
에 사용하는 관제 용어는 이렇게 사용된다. ETA라는 제목의 노
래가 발매되어 잠깐 놀랐던 적이 있는데 'Estimated Time of
Arrival', 곧 예상 도착시간을 뜻하는 이 단어는 실제로 항공에
서도 사용하는 단어다. 관제사 선후배끼리 모이는 자리에 갈 때
는 "그래서 ETA가 언제야?" 하고 장난식으로 사용하기도 한다.
학생들에게 관제사의 인기가 많아지고, 관제 용어가 유행어처럼
일상에서 사용된다면 일이 조금은 더 재미있을지도.

마법의 단어,
CORRECTION

　연필로 글을 쓰다가 틀린 부분이 생기면 언제든 지우개로 지울 수 있다. 또는 사이버 세상에서 글을 쓸 때는 'backspace' 키를 눌러 틀린 부분을 바로잡을 수 있다. 하지만 '말'의 속성은 조금 다르다. 흘린 물은 손으로 떠서라도 주워 담을 수 있지만 흘린 말은 절대 주워 담을 수 없기 때문이다. 누군가의 기억을 잊게 하는 마법이라도 부리지 않는다면. 호그와트와는 거리가 아주 먼 곳이지만 관제실에는 이 마법 같은 일이 자주 발생한다. 바로 'Correction'이라는 단어를 통해서!

　'Correction'이라는 관제 용어는 전에 했던 말을 지워버리는 역할을 한다. 편명 숫자가 1814인 어느 항공편이 있었다. 원래대로라면 "ABC1814"라고 말해야 하지만 무엇이 조종사를 헷갈리게 했는지 자꾸 1 대신 8이 먼저 튀어나오곤 했다. 그 조종사는 "ABC8… Correction, 1814"라고 말하곤 했는데 이게 한 번이 아니라 교신하는 내내 반복되었다. 정직하게 계속 "Correction"을 내뱉는 조종사가 웃겨서 결국 마지막 교신을 끝내고는 웃음이 터져버렸다. 작은 실수라 그냥 넘어갈 수도 있었는데, 왜 그 조종사는 계속 관제 교신을 고쳤을까? 만약 같은 시간, 같은 주파수에 'ABC814'라는 항공편이 있었다면 정말 위험한 상황이 생길 수 있기 때문이다. 예를 들어, 나는 ABC814에게 이동 허가를 줬는데 ABC1814가 순간 착각해서 이동 허가를 복창한 뒤 본인 호출부호를 ABC814로 잘못 말해버리면 관제사 의도와 상관없이 엉뚱한 항공기가 움직일 수 있다는 이야기다. 오직 말로만 소통하는 관제 교신에서 교신의 정확도는 매우 중요하다. 그래서 교신에서 틀린 부분이 생기면 이처럼 반드시 'Correction'이라는 단어를 사용해 조금 전 내뱉은 말을 정정해야 한다. 보다 구체적인 예시는 다음과 같다. 항공기를 유도로 R1으로 이동시키려고 다음과 같이 지시했다고 치자. "Taxi via R1"이라고 말해야 하는데 생각과 달리 "Taxi via R2"라고 잘못 말했다. 이때 "Taxi via R2, correction, taxi via R1"처럼 Correction이라는 용어를 사용하면 R2라는 단어는 마치 마법처럼 교신에서 지워진다. 만약 Correction을 사용하지 않으면 "Taxi via R2… ah… R1"이라고 말하게 되는데, 이러면 R2 유도로 다음에 R1 유도로로 이동하라는 뜻이 되어버린다.

이렇게 관제 교신에서는 숫자와 단어 하나하나에 아주 중요한 의미가 있다. 하지만 관제사도, 조종사도 사람이다 보니 말실수를 하는 경우가 생긴다. 얼마 전 인천공항은 탑승동 근처 공사로 'AN(알파 노벰버)'이라는 유도로를 없앴다. 그래서 탑승동 북측 주기장에서 3활주로로 가려면 R9, R21, R10 유도로로 이동해야 하는데, AN 유도로가 사라진 걸 알고 있는데도 관성처럼 가끔 AN 유도로로 이동하라는 지시를 할 때가 있다. 물론 실수를 깨닫고 즉시 바로잡기는 하지만. 이럴 때도 유용하게 쓰이는 단어가 바로 Correction이다. 관제사가 실수를 인지하지 못한 경우에는 조종사가 관제 지시를 확인한다. 이때 'Confirm'이라는 단어를 사용하는데, Confirm은 '확인하겠습니다' 또는 '확인해 주세요'라는 뜻이다. 관제사가 AN 유도로로 이동하라고 한 경우 AN 유도로는 사라졌으므로 업데이트된 지도를 보고 있는 조종사가 "Confirm AN?"라고 물어볼 수 있다. 이렇게 더블 체크를 하면 서로의 실수를 줄이고 사고를 예방할 수 있으므로 관제사와 조종사는 관제 지시 복창Readback과 재확인Hearback에 항상 신경 써야 한다.

비행기 순서는
선착순일까?

터미널 사이에 오밀조밀 붙어 있는 주기장들을 보고 있노라면 인천공항 계류장이 얼마나 복잡한 레이아웃을 가졌는지 단번에 이해할 수 있다. 애틀랜타공항의 탑승동같이 줄지어 선 빼빼로처럼 설계되어 있다면 참 좋겠지만, 안타깝게도 인천공항은 그렇지 않다. 두 개의 귀가 빼꼼하니 존재감을 드러내는 토끼 모양의 제1여객터미널과 봉황 모양의 제2여객터미널은 각 주기장에서의 푸시백이나 항공기 이동에 많은 간섭 사항을 만든다. 공항의 전체 형상은 무척 깔끔하고 예쁜데다 여객이 이동하기에도 편리하게 잘 설계되었다. 하지만 관제사 입장에서는 그렇지 않다. 튀어나온 부분과 움푹 들어간 부분이 공존하는 1터미널과 2터미널은 상황별, 주기장별로 사용할 수 있는 푸시백 절차를

매번 다르게 하고, 항공기의 출발 순서를 조정하는 것도 간단하지 않다.

관제사는 꼬리에 꼬리를 물고 길게 줄지어 서 있는 항공기를 어떻게 순서에 맞게 정리한 걸까? 항공교통관제는 기본적으로 'First Come, First Served'라는 원칙에 따라 선착순으로 진행된다. 하지만 이건 조금 구식처럼 느껴지는 옛날 관제 방식이고, 교통량이 폭발적으로 증가하고 '넥스트젠NextGen'°이라는 프로젝트가 진행되면서부터는 새로운 원리가 등장했다. 바로 'Best Capable, Best Served!'다. 한정된 시간과 공간에서 교통 흐름을 최대한 원활하게 하는 방식이 더 합리적이라는 관점이 등장한 것이다.

고민은 여기서 시작된다. 물리적으로 제한된 유도로 안에서 어떤 항공기를 먼저 보내줘야 하는지 머릿속 회로를 열심히 돌리는 사이 이미 판단은 늦어버린다. 고민하는 시간을 최소화해 교통 흐름을 원활히 하는 게 관제사의 일이니까. 나를 꼬집듯 괴롭히는 딜레마는 이렇다. 인접 주기장에서 A와 B가 거의 동시에 푸시백을 요청했다. 그런데 이동하던 C와의 유도로 간섭이 있어 3분 정도 기다리라고 했다. C가 이동한 뒤 A와 B에게 허가를

° 미국 연방항공청의 항공 현대화 정책. 항공의 안전성, 효율성, 접근성, 수용성, 예측 가능성을 증가시키기 위해 새로운 기술과 절차를 단계적으로 도입한다.

주려고 하니 같은 유도로 뒤쪽에서 D가 푸시백을 마치고 이동할 것 같다. 이미 A와 B에게 3분을 기다려달라고 했는데 D까지 움직이기 시작하면 A와 B는 5분 정도를 더 기다려야 한다. D가 만약 바로 옆 다른 유도로로 이동하면 A와 B는 즉시 푸시백을 할 수 있지만, 그렇게 되면 더 빨리 갈 수 있었던 D의 이륙 순서가 뒤로 밀린다. 여기서 선택지는 두 가지다. A와 B를 5분간 더 대기시키거나, D를 늦게 보내거나. 선착순 관점에서 보면 먼저 푸시백을 요청했던 D는 대기시킬 수 없다. 단순히 계산했을 때 A와 B는 두 대이니 총 10분을 대기해야 한다. 게다가 인접 주기장이라서 후방 견인이 더 오래 걸린다. 효율성이라는 관점에서 보면 D가 우회해 손해를 봐야 한다. 실제로 이런 상황에서 나는 D를 늦게 보내는 방법을 택했고, 속으로는 D에게 진심으로 미안했다. 끝까지 "Thank you!"를 외치며 계류장을 빠져나가는 D 조종사의 인사에 내가 더 많이 고맙다고 생각했다.

'First Come, First Served'냐 'Best Capable, Best Served'냐에 대해서는 전 세계적으로 이미 후자가 우세하고 보편적 관제 법칙이 되었다. 사실, 닭이 먼저니 병아리가 먼저니와 같이 답이 없는 명제이긴 하지만 그래도 나는 교통 흐름을 크게 방해하지 않는 선에서 선착순 원칙을 지켜주고 싶다. 다른 항공기를 위해 양보한 항공기가 또다른 양보를 하지 않아도 되도록 최대한 빨리, 지연 없이 이동시키려고 나름 노력을 다한다. 이런 고

민은 경력이 쌓이고 시간이 지나면 자연스럽게 해결되겠지만,
아직 고민에서 자유롭기에는 부족하다.

또박또박
정확하게!

누군가와 대화하는 중에 가끔 하는 실수가 있다. "손 시려서 양말 가져왔어." 그러면 반응이 대부분 이렇다. "양말?" 그제야 나는 내가 잘못 말한 걸 알아챈다. 이런 말실수가 잦은 건 아니지만, 보통 뭔가 다른 생각으로 머리가 바쁠 때 엉뚱한 단어가 튀어나오곤 한다. 나는 '장갑이라고 말한 것 같은데 양말이라고 했나' 싶어 잠시 당황한다. 듣는 사람이 그냥 말실수겠거니 하고 넘어가니 일상에서는 큰 문제가 없다. 하지만 관제할 때는 곤란하다.

이동 허가를 받으면 조종사는 유도로 명칭을 그대로 복창해야 한다. 그런데 한번은 조종사가 허가 사항을 복창하지 않고 갑자기 나에게 이렇게 되물었다.

"Confirm CSN682?(중국남방항공 682편 부른 거 맞아요?)"

당황한 찰나 나는 항공편 숫자를 잘못 불렀다는 걸 깨달았다. 큰일 날 뻔했구나. 소크라테스의 그것에는 비할 게 못 되겠지만 변명을 해보자면, 사람의 뇌가 참 웃긴 게 반복해서 오랫동안 말했던 숫자가 입에 착착 붙는다. 중국남방항공은 인천에서 하얼빈으로 가는 CSN684라는 항공편을 자주 띄운다. 그래서 왠지 모르게 관제 별명인 'China Southern'이라고 말하면 뒤에 자동으로 '식스 에이트 포'라고 해야 할 것만 같다. DAL26, ACA064, QDA9902도 다 관제 별명만으로 숫자가 자동으로 머릿속에 떠오르는 친구들이다. 허가를 줄 때 나도 모르게 682편에게 684라고 했던 거다. 완전히 내 잘못이다.

한창 바쁜 시간 동남아로 향하는 대한항공 항공기들이 한꺼번에 출발한다고 하면, 그들은 'KAL6○○'이라는 형식의 콜사인으로 나와 교신한다. 만약 마닐라로 향하는 KAL623와 자카르타에 가는 KAL627, 베트남이 목적지인 KAL679과 KAL683가 동시에 나오면 정신을 바짝 차려야 한다. 이럴 땐 주파수가 붐비니 나도, 조종사도 헷갈리기 십상이다. 그래서 나는 'KAL6(코리안에어 식스)'까지는 평소와 같이 빠르고 편하게 말하고, 이후 숫자는 하나하나 강조한다. 예를 들어, KAL623와 KAL627이 같이 나오면 각각 3과 7을 강조해 읽는다. 두 편명이 구분되어 들리게끔 몸과 마음을 다해 강조하는 것이다. 이렇게 말해야 말하는 나도 정신을 차릴 수 있고 듣는 사람도 편해진다. KAL623가 해야 할 일을 KAL627이 잘못 듣고 수행하면 내 관할구역의 교통 상황이 꼬일 수밖에 없다. 관제사의 말은 한 마디가 아니라 한 글자, 한 글자가 정말 무겁다.

한창 숫자 때문에 실수할 때 관제사 선배에게 들은 조언이 있다. 편명을 머릿속에 있는 대로 바로 읽지 말고, 모니터에 적힌 걸 보고 또박또박 하나씩 읽으라는 것. 지키기 쉬우면서도 어려운 이 말은 내 실수를 어떻게든 고쳐주려 했던 조언이라 아직까지 기억하고 있다. 시간이 조금 더 지나면 나도 훈련 관제사에게 도움이 되는 이야기를 할 수 있겠지?

발표하는 것처럼
또렷하게!

관제사는 혼자 근무할 수 있는 자격을 따기 전까지 훈련 관제사로서 교육을 받는다. 훈련 관제사가 관제할 때는 비상 상황에 대비해 항상 감독 관제사가 바로 옆에서 상황을 모니터한다. 훈련 관제사 시절 내 감독 관제사였던 선배는 어느 날 이런 조언을 해주었다.

"목소리 키우고, 말은 조금만 더 빨리 해봐."

나는 목소리가 작다. 빵 터지도록 웃을 때를 제외하고는 작게 이야기한다. 마스크를 쓸 때는 내 반경 1미터보다 먼 거리에서 나와 대화하는 사람은 대부분 내가 뭐라고 했는지 되물었다. 코로나의 유행으로 마스크를 필수로 착용하면서부터는 목으로 먹고사는 직업인데 말이 턱턱 막히는 기분이 드니, 안 그래도 작은 목소리가 더 난감해졌다. 관제할 때 조종사가 내 말을 잘못 알아들으면 '내 성량이 작아서 그런가?' 하고 의문을 품기도 했다. 게다가 나는 말까지 좀 느렸다. 이제는 익숙하게 관제 용어를 사용하니까 바쁠 때는 속도를 높이기도 하지만, 능숙하게 근무하는 선배 관제사들과는 아무래도 비교가 되었다. 지금도 말하는 속도를 높이면 발음이 뭉개지는 경향이 있어서 내 관제에서 '속도'와 '발음의 정확성'은 비례하기 어려운 것 같다고 생각하곤 한다.

목소리가 작으면 발음이 잘 안 들리기도 하니 당연히 성량을 키우는 게 옳다. 그런데 관제할 때 말은 왜 빨라야 할까? 내가 주파수를 점유하는 시간이 길어지면 교통 흐름이 느려지기 때문이다. 내가 좋아하는 선배 관제사는 관제 용어를 최대한 짧게 쓰는 걸 좋아한다. 예를 들어, 항공기의 이동 순서를 정할 때 관제사가 사용할 수 있는 방법은 두 가지다.

1. ○○ 유도로 앞에 정지하라고 지시한 뒤, 항공기끼리 분리가 완료된 다음 이동하라고 재지시한다.

   "Hold short of R3." (항공기 분리 완료 후) "Continue taxi via R7, R1, Gate 17."

2. 이동 경로를 한 번에 전부 알려주면서 다른 항공기에게 길을 양보하라고 지시한다.

"Taxi via R7, R1, Gate 17. Give way to 737 on your left from R2."

선배는 말을 한 번만 해도 되는 2번을 선호했는데, 특히 바쁜 상황에서는 교통을 빨리 처리하는 데 도움이 된다. 이런 사례도 있다. 조종사가 관제 지시를 'Confirm'으로 재확인할 때 관제사는 두 가지 방법으로 이야기할 수 있다.

1. 지시를 전부 다시 확인해 주면서 '맞다'고 긍정하는 경우
   "Affirm. Taxi via R8. Hold short of M."
2. 간단히 "맞아요"라고 하는 경우
   "Affirm."

선배는 말이 길어지는 1번보다 2번처럼 관제하라고 알려주었다. 여기에 내 경험을 더하자면, 관제사는 관제할 때 '발표하듯이' 말해야 하는 것 같다. 목소리는 크게, 발음은 정확히, 말은 적당한 속도로. 진짜 발표 대회에 나간 것처럼 강조해야 하는 부분은 끊어서 더 크게 말하기도 한다. 나는 매일 불특정 다수를 대상으로 발표하는 삶을 살고 있다. 어떻게 발표해야 하는지 알려주는 문서도 있다. 국토교통부 고시 〈무선통신매뉴얼〉은 주파수로 교신할 때 어떻게 말해야 하는지에 대해 규정한다.

다음의 송신 기법을 사용함으로써 송신 내용을 정확하고 만족스럽게 수신할 수 있을 것이다.

(중략)

c. 정상적인 대화 음성으로 분명하고 또렷하게 말한다.

d. 말하는 속도는 분당 100단어를 초과하지 않도록 유지한다. 수신자가 전문을 받아 적어야 하는 경우에는 조금 천천히 말한다.

e. 음량을 일정한 수준으로 유지한다.

f. 숫자 전후로 약간의 간격을 두면 수신자가 이해하는 데 도움을 줄 수 있다.

g. "어(er)"와 같은 주저하는 용어의 사용을 피한다.

j. 교신 전에 송신 스위치를 충분히 눌러야 하며 송신이 완료될 때까지 스위치를 놓지 않음으로써 내용 전체가 확실하게 송신되도록 하여야 한다.

내용을 종합해 보면, 무선통신을 할 때는 발표하는 것처럼 또렷하게, 적당한 속도로, 일정한 음량으로 말하라고 요구하고 있다. 크게 말하는 것의 장점이 하나 더 있다면 주변에 있는 동료 관제사가 내 관제를 듣고 실수를 고쳐줄 수 있다는 점이다. 작게 말하는 것보다는 크게 말하는 것의 이점이 훨씬 큰데도 성격상 아직도 목소리를 크게 내는 게 조금 어렵다.

정답이 없는 일을
한다는 것

관제는 하면 할수록 자기만의 스타일이 생긴다. 내 관제구역에 있는 항공기가 많을수록 관제사가 스스로 결정해야 하는 사항이 늘어난다. 안전에 심각하게 지장을 주는 관제가 아니라면 각자의 관제 스타일은 매우 개성 있을 수밖에 없다. 관제사 개개인에 따라 효율을 우선할 수도 있고, 반대로 효율보다는 원칙을 우선할 수도 있다. 또 관제 교신을 짧게 유지하는 관제사가 있고, 최대한 많은 정보를 주는 관제사가 있다. 자기와 같은 시간에 근무하는 다른 관제사와 협조해 표준 경로 등을 일시적으로 바꾸는 데 거리낌이 없는 사람이 있는가 하면, 정해진 표준 경로를 매우 중시하는 사람도 있다. 무엇이 정답이라고 말하기 어려운 문제다. 그래서 단독 근무를 할 수 없는 훈련 관제사

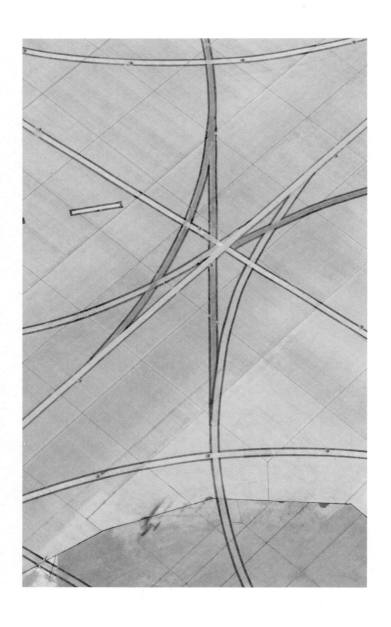

는 최대한 많은 관제사의 관제 스킬을 공부하는 것이 중요하다. 돌아가며 관제석을 맡는 관제 특성상 계속 같은 사람이 훈련을 돕는 게 아니라, 시간별로 호흡을 맞추는 감독 관제사가 바뀐다. 물론 관제사마다 스타일이 다르니 훈련을 받을 때 약간의 어려움은 있다. 한 사람만의 스킬을 그대로 따를 수 없기 때문이다. 어떤 것을 취하고, 어떤 것을 버릴지는 스스로에게 달렸다. 아마 모든 관제사가 공감할 것이다.

이를테면, 다음과 같은 간단한 사항에서도 관제사들의 용어 사용은 두 부류로 나뉜다. 관제사는 계류장에서 항공기가 출발할 때 기동 지역 유도로인 A 또는 M 전에 "정지하세요"라고 말한다. A와 M은 우리 관제사의 관할구역이 아니기 때문에 항공기를 정지시킨 뒤 다른 관제석에 항공기를 이양하는 것이다. 관제 용어로 써보자면 "Hold short of M"처럼 이야기한다.

1. 지시를 한 번만 사용해서 항공기를 이양하는 경우

   "Taxi via R8, Hold short of M. (잠시 후) Contact Ground 121.7."(R8 유도로로 이동하고 M 유도로 전 정지하세요. [잠시 후] 지상 관제사와 교신하세요.)

2. 용어를 반복해서 사용하는 경우

   "Taxi via R8, Hold short of M. (잠시 후) Hold short M, Contact Ground 121.7."(R8 유도로로 이동하고 M 유도로 전

정지하세요. [잠시 후] M 유도로 전 정지하고, 지상 관제사와 교
신하세요.)

1번은 이전의 지시를 조종사가 확실하게 이해했다는 가정
아래 할 말을 최대한 짧게 하고 싶은 사람이다. 2번은 해당 지시
를 한 번 더 반복하더라도 항공기를 반드시 타 관제사 관할구역
에 진입하기 전 정지시키는 것이 안전하다고 판단하는 사람이
다. 또는 나처럼 1과 2를 적당히 섞어 사용하는 관제사도 있다.
필요한 경우에 나는 "Hold short of M"이라는 용어를 한 번 더
사용한다. 이렇게 관제사의 성격, 조금 더 구체적으로 말하면 관
제 스타일마다 옳다고 생각하는 기법이나 방법이 달라 관제에
는 정답이 없다고 말하는 것이다.

또 이런 상황이 있을 수 있다. 계류장으로 들어오고 있는 도
착 항공기가 있는데, 도착 항공기 이동 경로 위로 출발 항공기
가 푸시백을 기다리고 있는 경우를 생각해 보자. 운이 좋지 않으
면 출발 항공기는 7분에서 10분까지 기다려야 한다. 출발 준비
를 다 했는데 10분이나 지연될 수 있다는 얘기다. 이때 관제사
의 선택은 크게 두 가지다.

1. 출발 항공기에게 푸시백 허가를 주고 도착 항공기가 비표준 경
   로를 사용하도록 협조를 구한다.

2. 도착 항공기가 이동할 때까지 출발 항공기를 대기시킨다.

이런 간단한 상황에서도 관제사는 스타일에 따라 다른 선택을 한다. 나는 출발 항공기를 대기시키면 항공기가 지연되는 이유가 왠지 나 때문인 것 같아 1번을 택하는 경우가 많다. 하지만 정반대로 일단 도착 항공기를 계류장 안에 넣는 것을 우선하는 관제사도 있다. 도착 항공기가 기동 지역에서 대기하면 그 뒤로 다른 항공기가 줄지어 설 수 있어 전체 흐름에 문제가 생긴다고 판단하는 것이다. 두 방법 모두 안전에는 문제가 없다.

얼마 전, 전국의 관제사들을 대상으로 하는 관제 정기교육에 참여했다. 그때 한참 선배인 강사님이 해준 말이 떠오른다.

"재미있게 하세요. 재미있게!"

맞다. 재미있게 관제하는 게 정답이다.

항공교통관제사가
되려면

가끔 관제사가 되는 방법에 대해 사람들이 묻곤 한다. 국토교통부 공무원 관제사 채용과 공항공사의 관제사 채용은 반드시 '항공교통관제사 자격증 보유'를 자격 조건으로 내걸기 때문에 관제사가 되려면 먼저 자격증을 취득하고 관제사 채용시험에 응시해야 한다. 취업 전 자격증을 따야 하므로 항공교통관제 양성 전문 교육기관에 들어가는 것이 중요하다.

항공교통관제사 자격증을 취득하는 방법에는 크게 세 가지가 있다. 첫째, 항공교통관제교육원이 설립되어 있는 대학교에서 취득하는 방법이다. 가장 무난하게 관제사가 될 수 있는 길로 실제 관제사 집단에서 그 비율이 가장 높다. 둘째, 공군사령부에서 관제 특기를 받고 항공교통관제사 전문교육원을 수료하는 방법이다. 군 관제사로서 관제 실무를 하다 보면 실기시험을 볼 수 있는 자격이 생긴다. 셋째, 한국공항공사에서 비정기적으로 모집하는 항공기술훈련원에 선발된 뒤 교육과정을 수료하는 방법이다. 대학교에서 항공교통을 전공하지 못한 경우 차선책이다. 미국에서 관제사 자격을 따고 국내로 들어오는 방법도 있긴 하지만 사례가 많지 않다.

관제사라는 직업을 갖기로 정했다면 되도록 고등학교 때 관제교육원이 있는 대학 진학을 준비하는 것이 좋다. 일 년에 많아야 30명 정도 관제사를 선발하기 때문에 취업 구멍이 아주 작다고 생각할 수 있지만 그렇지 않다. 애초 자격증을 취득하는 사람 숫자가 많지 않다. 내 자격증 번호가 2000번 대인데, 그 말인즉슨 항공교통관제사 자격증이 생기고 수십 년간 자격증을 취득한 사람이 3000명이 채 안 된다는 이야기다. 자격증을 따고 나면 공무원 관제사 채용시험에 응시하거나, 양 공항공사 관제직 채용에 응시할 수 있다.

다만, 한국 관제사는 아주 소수의 사기업 관제사를 제외하면 전부 공무원이거나 공기업 직원이거나 군인으로서 나랏일을 하는 것이기 때문에 연봉에 큰 기대를 하는 건 곤란하다. 미국 관제사 평균 연봉이라고 알려진 1억 원이 넘는 액수는 내 것이 아니다. 그럼에도 현장에서 사명감을 가지고 자기 일에 매진하는 관제사들을 보면 같은 관제사로서 존경스러운 마음이 든다.

항공기가 없어도
관제석을 지키는
이유

가끔 관제석에 앉아 있는 이유를 생각한다. 코로나 때 교통이 줄어 근무 시간 동안 한마디도 못하고 관제석에서 내려오면 더 그랬다. 비행장 관제사로서, 그 안에서도 작은 부분을 맡은 사람으로서 내 존재 이유는 뭘까 싶었다. 앉아서 시간이나 때우라고 있는 직업은 아닐 테니까. '도대체 나는 왜 사는 걸가' 같은 진지하고 심도 있는 인생 고민도 해봤지만 그건 잠시 제쳐두고, 왜 관제할 비행기가 없는데도 관제석에 계속 앉아 있어야 하는지 생각해 봤다. 결국 비정상 상황 때문이다. 동체에서 연기가 피어오르고 있거나 착륙해야 하는데 랜딩기어Landing Gear가 내려오지 않았다든지 하는, 항공기가 <u>스스로</u> 알아차리기 어려운 비상 상황에서는 바깥에서 항공기를 보고 있는 관제사의 역할이 무척 중요해진다. 훈련 관제사로서 직무교육을 받을 때 우리는 각종 비상 상황에 대처하는 법을 줄줄 외워야 했다. 사용 중인 장비의 고장부터 항공기 자체에 문제가 생겼거나 활주로나 유도로 위에서 스스로 이동이 불가한 항공기를 봤을 때 관제사로서 곧바로 해야 하는 일을 배우는 것이다.

인천공항에서 한 항공기가 이륙을 포기Reject Take-Off하는 일이 발생한 적이 있다. 그날 나는 스케줄에 따라 교통량이 회복되었을 때를 대비한 시뮬레이터 훈련을 받는 중이었다. 한창 훈련 중에 갑자기 조장에게 급하게 연락이 와 관제실로 복귀해야 한다는 이야기를 들었다. 흔히 있는 일이 아닌 것 같아 휴대전화를 확인했더니 이륙하던 항공기가 급히 제동을 걸어 이륙을 포기하고 활주로에 기동 불가 상태로 멈춰 있다는 메시지가 와 있었다. 급히 제동을 건 바람에 바퀴가 16개나 파손되었고 연기까지 나 공항 소방대가 출동한 상태였다. 항공기가 활주로를 열심히 달리다가 이륙을 포기하는 상황은 그렇게 자주 발생하지 않는다. 처음에는 불이 번지면 안 되는데 하는 마음에 조바심이 났다. 다행히 인명피해 없이 잘 마무리되었다. 관제사는 이런 상황에 당황하지 않고 대처할 수 있도록 교육받는다. 기동 불능 항공기를 처리하는 법, 항공기에서 연료가 새어 나와 유도로가 미끄러워졌을 때의 대처법, 무선통신이 제대로 되지 않는 상황에서의 대응법을 체계적으로 훈련하는 것이다. 사람이다 보니 평

정심을 유지할 수 없는 상황에서는 어떤 것도 생각나지 않을 수 있으니 관제석 옆에는 항상 비상 상황 대처 매뉴얼이 놓여 있다. 이렇게 다양한 방법으로 대비를 하지만 가끔 관제 중에 사고가 발생하면 어쩌나 하는 걱정이 들기도 한다. 아무리 훈련을 받아도 스스로 준비되어 있지 않으면 의미가 없다.

관제사는 주 업무인 '항공기 간 충돌 방지' 말고도 공항 내에서 화재가 발생하는 것 같은 비정상 상황이 발생하면 누구보다 재빠르게 대응하는 감시자와 조력자 역할을 해야 한다. 항공기가 없어도 24시간 관제석을 지키는 이들이 있는 것처럼, 삶의 의미가 없는 것 같아도 우리는 누군가에게 나도 모르는 사이 도움이 되고 있을 것이다.

수능 날 비행기,
그대로 멈춰라

    대한민국 학생은 대학수학능력시험이라는 하나의 목표를 향해 달린다. 정규 교육과정을 걸어오는 학생에게 가장 중요한 날로 꼽히는 수능 날에는 우리나라 상공 약 3킬로미터 아래에서의 항공기 운항과 이착륙이 모두 금지되는 시간이 있다. 인천공항도 예외가 아니다. 영어 듣기평가가 진행되는 동안 시험장에서는 조금의 소음도 허용되지 않는다. 그래서 그 시간에 소음을 내는 항공기 운항이 잠시 멈춘다. 마치 얼음땡 놀이를 하는 것처럼 무사히 듣기평가가 끝나야 항공기는 다시 움직일 수 있다.

    듣기평가 때문에 항공기 운항을 잠시 멈춘다고 하면 한국 조종사는 어느 정도 이해하지만, 외국인 조종사는 별도로 이해시켜야 한다. 이에 항공기 운항을 중단한다는 사실과 그 이유를 모든 항공편에 충분히 설명하기 위해 'NOTAMNotice To AirMan'이라는 항공정보를 발행한다. 보통 '항공고시보'라고 표현하며, '노탐'이라고 읽는다.

항공고시보란 항공 관련 시설, 업무, 절차 또는 장애 요소, 항공기 운항 관련자가 필수적으로 적시에 알아야 할 지식의 신설, 상태 또는 변경과 관련된 정보 등을 통신수단을 통해 배포하는 공고문이다. 간단히 말해 항공기 운항과 관련해 사람들이 필수로 적시에 알아야 하는 중요한 정보를 전 세계적으로 공유하는 체계다. 매년 수능 때마다 관련된 노탐을 발행하는데, 2025 수능 노탐의 노탐번호는 D2018/24으로 아래와 같다.

- **관할 지역:** 인천비행정보구역(RKRR)

- **노탐 정보 코드:** 금지구역에 대한 활성화

- **적용 비행방식:** 계기비행(IFR) 및 시계비행(VFR)

- **고도:** 지표면에서부터 10,000ft까지

- **해당 지역:** 인천비행정보구역, 즉 대한민국 관할 상공 전체

- **발효 일시:** 한국 시각 24년 11월 14일 13시 05분부터

- **종료 일시:** 한국 시각 24년 11월 14일 13시 40분까지

- **내용:** 대학수학능력시험을 위한 소음 방지의 일환으로 임시 비행금지구역을 설정합니다.

   1. 헬리콥터, 경량항공기, 초경량비행장치를 포함한 모든 항공

기는 아래 지역에서 운항 및 이착륙이 금지됩니다.

A. 수평 한계

– 해안가로부터 3NM 이내 지역을 포함한 대한민국 영토

– 해안가로부터 3NM 이내 지역을 포함한 강화, 영종, 거제, 진도, 제주도

B. 수직 한계

– 지표면으로부터 10,000ft 상공까지

2. 예외 사항

– 비상 항공기, 긴급구조 항공기, 응급의료 항공기, 소방 또는 재난 구조 항공기는 제외합니다.

노탐으로 공유된 것처럼 영어 듣기평가가 진행되는 시간 동안 우리나라 상공 3킬로미터 아래에 있는 항공기는 전부 움직일 수 없다. 하늘에서 움직이는 항공기를 갑자기 멈출 수는 없으니 만약 상공에 있는 항공기면 얼른 3킬로미터 위로 올라가거나 빨리 착륙해야 한다. 보통은 이 노탐을 항공사에서 정리해 조종사에게 전달하기 때문에 관제기관에서 부가적으로 설명할 필요는 없다. 관제사가 되고 몇 번이나 수능을 겪었는데 한 번도 수능날 주간 근무를 해본 적이 없어서 실제로 현장이 어떻게 돌아가는지는 잘 체감하지 못했다. 아마도 이륙 예정 항공기는 땅에 잠시 잡아두고, 착륙 예정 항공기는 조금 높은 고도에서 빙글빙글

돌게 할 것이다.

직장인들의 출퇴근 시간을 바꾸고, 항공기 운항까지 제한할 만큼 우리나라에서 수능이 얼마나 큰 위상을 갖고 있는지 체감한다. 모든 학생이 수능 결과보다는 그 이후의 삶에 초점을 맞추며 어떻게 하면 행복한 삶을 영위할 수 있을지 고민하는 계기가 되었으면 좋겠다.

공항 내
운전자에게
알립니다

유도로를 타고 이동 중인 항공기에서 창문 너머로 공항 이곳저곳을 다니는 자동차를 본 적 있는가? 아마 대부분 없을 것이다. 공항 건물이나 항공기, 관제탑 같은 것은 눈에 들어오지만 조그만 자동차는 눈길이 잘 안 간다. 승객 눈에는 안 보이겠지만 항공기가 지나다니는 길 근처로 하루에도 수백 대의 자동차가 오간다.

인천공항은 탑승동을 포함한 터미널을 세 개, 3킬로미터가 넘는 활주로를 네 개, 거대한 화물계류장을 두 개나 가진 엄청난 규모의 공항이다. 규모가 큰 만큼 인천공항에서 근무하는 사람들은 지역에서 지역으로 이동할 때 자동차를 이용해야 오늘 안에 도착할 수 있다. 자동차나 항공기 조업장비 그리고 가끔 사람

이 걸어다닐 수 있게 만든 공간을 GSEGround Support Equipment 도로라고 한다. 모든 자동차와 장비, 인원은 공항의 GSE 도로에서만 움직여야 하고 비행기 전용 도로인 유도로에는 허가 없이 출입할 수 없다. 자재를 나르는 차량이 공항 이동 지역 안으로 들어오려면 승객과 똑같이 신분을 증명하고 보안검색을 받아야한다. 또 공항 계류장에서 차량을 운전하려면 따로 이동 지역 면허를 가지고 있어야 한다. 공항 GSE 도로에서는 시내보다 여유롭고 느긋하게 운전할 수 있다. 모든 차량이 시속 50킬로미터 이내로 주행해야 하기 때문이다. 또 도로가 복잡하지 않아 막힐 일이 없다.

물론 지켜야 할 규칙이 있다. 공항 내에서는 항공기가 GSE의 차량보다 우선해 이동한다. 공항 이동 지역에서 운전할 때, 특히 유도로와 교차되는 도로에서는 내 차를 기준으로 반경 250미터 이내 항공기가 보이면 주행하지 말고 일시 정지해야 한다. 신호등이 빨간불이 아니더라도 일단 멈춰야 한다. 차량 신호등에 오류가 발생하기도 해서다. 운전 중 창밖으로 보이는 항공기가 좀 가깝다 싶으면, 심지어 내게 다가오는 것 같으면 무조건 멈춰 서서 비상등을 켜고 여유를 부리는 것이 좋다.

문제는 관제탑 창밖으로 움직이는 항공기 앞을 재빨리 지나가는 차량을 종종 보게 된다는 것. 관제사는 질주하는 차량과 연락할 수단이 없으니 그저 항공기를 잠시 정지시키거나 "차량 조심하세요" 같은 주의를 주는 수밖에 없다. 관제사에게 GSE의 차량과 항공기 사이를 분리할 의무는 없지만 차량과 항공기가 가까워 보이면 주의가 온통 그쪽으로 쏠린다. 심지어 밤에는 차량이 잘 식별되지 않는다. 두 눈을 부릅뜨고 GSE 도로 차량만 감시하기에는 다른 관제로 너무 바쁘다. 그러니 공항 안에서는 되도록 천천히, 안전거리를 유지하며 이동해주시기를.

돌고래는
움직일 수 없는
공항 길

　에어버스의 대형 기종인 A380은 돌고래를 닮았다. 거대한
돌고래. 유도로에 있는 A380 옆으로 B737 같은 작은 기종이 지
나가면 마치 바다의 왕 고래 옆을 지나가는 고등어처럼 보이기
도 한다. 멀리서 봐도 단번에 알 수 있는 초대형 크기답게 날개
폭이 아주 큰 편이어서 인천공항에는 이 돌고래가 지나갈 수 없
는 유도로가 있다.

　처음부터 이동 지역을 넓게 설계해 모든 유도로가 A380을
수용할 수 있도록 했다면 좋았을 텐데, 이 기종이 2007년 등장
할 것을 미리 예견하고 설계할 수는 없었을 것이다. A380은 인
천공항 화물계류장 유도로인 D2와 D3에서는 이동이 불가하다.
두 유도로 사이는 80미터로 F급 항공기 두 대가 동시에 이동할

수 있는 거리인 91미터에 미치지 못한다. 기체 특성상 화물기로는 사용되지 않는 기종이니 화물터미널에 가지 못해도 문제가 없긴 하다. 그런데 여객터미널 근처 유도로에도 A380이 다닐 수 없는 길이 있다. 2터미널 앞쪽 유도로인 RF에서도 A380을 이동시킬 수 없다. 이 항공기의 몸집이 어찌나 큰지, 뉴욕공항에서는 오도 가도 못하고 멈춰 서서 길을 꽉 막아버린 적도 있다. 비단 뉴욕만의 일이 아니다. 인천공항에서도 A380 바로 옆 유도로를 지나가도록 지시하면 조종사들의 문의가 빗발친다. 옆으로 지나가다 혹 부딪히지 않을까 부담이 되는 것이다.

하지만 대형 공항을 중심으로 돌아갈 거라던 항공시장에 대한 예측이 보기 좋게 빗나가면서 항공사들의 A380의 주문이 연달아 취소되고 여러 이유로 운용이 축소되면서 A380은 결국 단종되고 말았다. 시간이 더 흐르면 더이상 고래 비행기를 만날 수 없을 것이다. 아쉽긴 하지만 다행히 진짜 고래 비행기가 남아 있긴 하다. 바로 에어버스에서 화물기로 사용하는 벨루가XL이다. 이름처럼 흰고래를 닮았다. 이 비행기는 여객 수송이 아니라 항공기 동체나 부품을 운반하기 위해 만들어졌다. 무려 51톤의 화물을 실을 수 있는 이 고래는 에어버스 A350의 날개를 한꺼번에 두 개나 운반할 수 있다고 한다. 주로 유럽대륙 안에서만 돌아다니고 있어 인천공항에서 보기는 어렵겠지만 언젠가 내가 관제석에 있을 때 꼭 한번 마주해 보고 싶다.

알기 쉽게
비행기 기종
구분하기

항공기에 푹 빠지게 되면 항공기 기종을 구분하고 싶어진
다. 항공기 양대 제작사인 보잉과 에어버스에서 각각 만든 항공
기는 그 모양이 조금씩 다르다. 최신이냐 구형이냐에 따라 생김
새에 차이도 크다. 나는 먹고살기 위해 항공기 생김새의 차이를
공부했는데, 확실히 도움이 되었다. 항공기 기종을 구분해 가며
걷다 보면 공항 산책이 즐거워진다는 순기능도 있다.

항공기 양대 제작사 가운데 하나인 보잉은 무려 100년도 더
전인 1916년 윌리엄 보잉에 의해 설립되었다. 요즘 핫하디 핫
한 항공우주 분야에서도 두각을 나타내는 회사다. 보잉 B707에
서 시작해 지금의 B787 드림라이너까지 수많은 7시리즈를 만들
어냈다. 우리나라에서는 대한항공이 보잉 737, 747, 777, 787을

운용 중이며 아시아나항공은 보잉 747, 767, 777을 보유하고 있다. 에어버스는 보잉을 견제하기 위해 유럽 각국이 모여 설립한 회사로서 프랑스, 독일, 영국, 스페인이 참여했다. 가장 유명한 기종으로는 앞서 다루었던 A380이다. 에어버스는 3시리즈로 유명한데 300, 310, 320, 330, 340, 350, 380이 그 가족이다.

비행장 관제사는 항공기의 외부 형태를 보고 기종을 파악한다. 특히 지상 관제사나 계류장 관제사는 기종을 활용해 관제 지시를 한다. 예를 들어, "Give way to B737 on your right(오른쪽에 있는 B737에게 진로를 양보하세요)"처럼 말이다. 항공사 이름을 사용하기도 하지만 인천공항에 온 외국 조종사는 한국 국적사를 잘 모를 수 있기에 보통 기종으로 많이 설명한다. 그래서 관제 훈련을 받을 때 기체를 구분하는 방법을 익힌다. 항공역학을 배우며 항공기가 어떤 구조인지만 파악했지 외형이 그렇게 천차만별 다르다는 건 몰랐기 때문에 인터넷에서 사진을 비교해가며 열심히 공부했던 기억이 난다. 크게는 보잉의 7시리즈와 에어버스의 3시리즈지만 세부적으로 들어가면 또 엄청나게 다양한 기종이 있다.

보잉과 에어버스의 기체는 항공기 머리 모양으로 간단히 구분할 수 있다. 크기가 비슷한 C급 항공기인 B737과 A320은 앞 유리창과 머리의 코 부분에서 생김새에 차이가 있다. 보잉은 조종석 유리창 아랫부분이 사선이고 에어버스는 일자 모양이다.

쉽게 말하면 에어버스는 끝부분 유리창의 전체 모양이 대문자 A 느낌이다. 앞 코는 보잉이 조금 더 새 부리처럼 뾰족하다. 엔진 위치나 엔진 모양에서도 차이가 있긴 하지만 항공기 머리만으로도 가장 쉽게 구분할 수 있다.

B737 vs A320 – 기체 길이가 40미터가량 되는 두 기종은 인천공항에서는 작은 축에 속하는 C급 항공기로, 내려다보면 확실히 E급 항공기와 크기 차이가 있다. B737과 A320은 조종석 창문 생김새로 구분하기가 가장 쉽다. 수직 꼬리날개의 굴절 각도로 알아보기도 하지만, 국적사의 보유 기종을 꿰고 있다면 더 빠르게 구별할 수 있다. 진에어, 제주항공, 티웨이, 이스타는 C급으로 B737만 가지고 있고 아시아나, 에어서울, 에어부산은 A320을 쓴다.

B777 vs A330 – E급 중대형 항공기로 주로 장거리 노선에 사용되는 두 기종은 인천공항에서 가장 쉽게 볼 수 있는 항공기다. 요즘에는 최신형 기체인 B787나 A350도 많이 보이지만 공항 터줏대감은 B777과 A330이라는 느낌을 지울 수 없다. 이 두 기종은 특이하게 드러나는 생김새로 구별한다. B777은 APU(보조동력장치)가 위치한 항공기 꼬리 가장 끝부분이 납작하게 생겼다. 두 손가락으로 양옆에서 꽉 눌러놓은 것 같은 생김새라고 할

까? 그리고 랜딩기어가 세 개씩 2열로 달려 있어 두 개씩 2열로 달린 다른 항공기와 눈에 띄게 차이가 난다. A330은 항공기의 수평 꼬리날개가 위치한 동체 부분이 회색 타원 모양이다. B777은 주날개 끝부분에 위로 톡 올라온 윙렛이 없지만, A330은 윙렛을 가지고 있다.

　　B787 vs A350 - 보잉의 최신 기종인 B787은 대한항공이, 에어버스의 최신 기종인 A350은 아시아나가 도입했다. 2025년 들어서는 대한항공이 최신 A350을 들여와 단거리 노선에 활용하고 있다. B787은 꼬리 부분 APU의 모양과 엔진 모양으로 쉽게 구분할 수 있다. APU가 약간 쓰다 만 것 같은 회색 연필심을 닮았고, 엔진 뒤쪽 모양이 핑킹가위로 잘라놓은 것처럼 뾰족하게 생겼다. 주간에도 충돌방지등과 항행등이 아주 밝게 보여서 멀리서 봐도 'B787이 오는군' 하고 알 수 있다. A350은 조종석 유리창을 전면에서 볼 때 항공기가 멋진 갈매기 모양 선글라스를 낀 것 같다. 유선형으로 까맣게 빠진 유리창이 뭔가 멋지다. 또 날개 윙렛이 각지게 꺾인 게 아니라 유선형으로 부드럽게 말려 올라갔다는 특징이 있다. APU는 B787보다 더 많이 쓴 것 같은 연필심처럼 생겼다.

　　B747 vs A380 - B747은 1970년 처음 도입된 이후 무려 50

년 이상 하늘을 주름잡은 여왕으로 불렸다. 지금까지 약 300편이 넘는 영화에도 출연한 유명 항공기다. '비행기'를 떠올렸을 때 전형적으로 그려지는 모습이 이 기종이라고 할 수 있다. 크기는 A380과 비슷하다. 다만, 동체 앞부분만 2층으로 되어 있는데, 이는 동체 전체가 2층으로 구성된 A380과 구별되는 가장 큰 특징이다. 또 날개의 가장 끝인 윙팁Wing Tip이 A380은 위아래로 갈라져 있는데, B747은 위로만 솟아 있다.

높은 관제탑에서 봐도 에어버스의 A380은 정말 크다. 항공여행이 보편화되면서 해외여행을 즐기는 사람이 기하급수적으로 늘었고, 이런 수요에 발맞춰 에어버스가 출시했다. 승객을 가장 많이 태울 수 있는 친구답게 벌써 3억 명의 승객을 수송했다. A380은 멀리서 봐도 그 거대한 크기 때문에 구별하기 어렵지 않다. 동체가 2층으로 구성되어 있어 창문이 위아래 두 줄로 나뉘어 있다. 교신할 때는 A380을 'Super'라고 지칭하기도 한다.

B757 & B767 - B757은 도널드 트럼프의 전용기로 유명한 기종으로 2005년 단종되었다. 만드는 게 중지되었을 뿐이지 전량 퇴역한 것은 아니어서 아주 가끔 인천공항에서 만날 수 있다. 이미 노후화된 기종이 대부분이라서 A320-Neo나 B737-Max가 B757의 자리를 대신하고 있다. B767은 아시아나항공만 여객용으로 한 대, 화물용으로 한 대를 운용하는 흔치 않은 기체다.

항공정비사까지 총 세 명이 탑승하던 기존 틀을 깨고 2인용 조종 시스템으로 개발된 최초의 보잉 광동체다. B777보다는 작고 B737보다는 크다. 적당히 길고 적당히 날씬하다는 말이 딱 어울린다. '쟤는 뭔가 크기가 좀 애매한데?' 싶으면 영락없이 B767이다. 사진을 두고 B757과 비교하면 B767의 배면이 볼록하다. 항공기 앞머리는 B767은 삼각형 모양인데, B757은 뭉툭한 모습이다. 내가 생각하는 이상적인 항공기 모습은 B767이다. 인천공항에서는 화물계류장에서 아시아나항공과 UPS항공의 B767이 자주 출몰한다. 아시아나항공은 화물용 B767이 한 대인데도 관제하다 보면 종종 만난다. 퇴역하지 말고 남아주기를.

안토노프 AN124 - AN124는 항공기를 잘 모르는 사람들에게는 생소할 수 있는 기종이다. 안토노프라는 항공기 제작사에서 만든 수송기로, 나름 슈퍼급이라고 하는 A380과 B748보다 더 큰 비행기다. 주로 북대서양조약기구NATO의 헬리콥터 등 군사 장비를 수송하는 데 쓰이며 A380의 부품을 나르기도 한다. 별명은 루슬란으로, 왠지 병사를 이끌고 당당히 전장을 누빌 것만 같은 이름이다. AN225 다음으로 세계에서 두 번째로 무거운 운송용 화물기이며 크기가 압도적이다. 보잉 B777의 랜딩기어가 세쌍둥이라면 이 기종은 그 엄청난 무게를 받쳐야 해서 놀랍게도 다섯쌍둥이 랜딩기어를 가지고 있다. 가끔 인천공항의 F급

원격 주기장 하나를 맡아놓고 쓴다. CCTV로 지켜보면 항공기가 아니고 호텔이 하나 서 있는 것처럼 아주 웅장하다. 주로 볼가-드네프르항공 소속의 AN124가 자주 온다.

ATR ATR72-500 – 쌍발엔진의 프로펠러 항공기다. 여객기 대부분이 터보팬 엔진인데 이 항공기는 터보프롭 엔진을 사용한다. 72라는 숫자는 약 72개의 좌석을 넣을 수 있다는 뜻이다. 주로 단거리 여객 운송에 쓰이지만, 페덱스FedEx에서는 화물용으로 사용하기도 한다. 우리나라에는 딱 세 대가 있는데, 하이에어라는 소형 항공사가 국내선에 투입하고 있다. 김포에서 사천, 울산, 제주, 무안으로 갈 때 탈 수 있다. 머리부터 꼬리까지 파랑색이면 1호, 분홍색이면 2호, 연두색이면 3호다. 프로펠러는 엔진 앞쪽에, 날개는 동체 윗부분에 달렸다. 국내선만 뛰기 때문에 인천공항에서는 자주 볼 수 없어 아쉽다. 하이에어는 기내를 72석이 아닌 50석으로 구성해 좌석 간격이 아주 쾌적하다.

자, 이제 제일 마음에 드는 기종을 골라보시라!

다시
주기장으로
복귀해야 합니다

　　단언컨대, 항공기는 안전하다. 지상의 다른 어떤 교통수단
보다 사고 발생률이 낮다. 애초에 사고가 잘 발생하지 않을뿐더
러 사고가 나더라도 사망 확률이 낮은 편이다. 국내 자동차 사
고 사망 건수와 비교해 보면 자동차 사고보다 살아남을 확률이
약 400배 정도 높다. 그런데 사람들은 불안해한다. 나보다 1000
배는 거뜬히 무거운 저 덩어리가 하늘에서 인간은 꿈도 못 꾸는
유영을 하지 않나, 뉴스에서는 계속해서 항공기 엔진 결함 사건
을 보도하지 않나.

　　아주 낮은 확률로 항공기 사고가 발생했다 해도 생존율은
약 95%에 이른다. 그런데도 사고 때문에 항공기 타는 게 무서운
우리 아빠 같은 사람은 출입구로부터 5열 이내 좌석에 앉는 것

을 추천한다. 비상구에서 가까운 좌석이 탈출에 유리하니까! 머리와 가까운 곳이 안전한지 꼬리와 가까운 곳이 안전한지에 대해서는 연구마다 결론이 다르다. 만약 기종이 걸린다면 작은 항공기보다는 중대형 항공기를 타도록 하자. 화물 운송용으로도, 여객용으로도 전천후 활약하는 중대형 기체인 B777, A330은 손에 꼽을 만한 큰 인명피해가 없었던 기종이다. 2019년 기준으로 두 기종의 사고 확률은 각각 0.18%, 0.19%다.

평소 항공기는 큰 사고가 나지 않도록 철저히 대비한다. 결함이 발생하더라도 여러 체크리스트를 진행한 뒤 운항할지 말지를 결정하기 때문에 일단 이륙했다면 하늘에서 뚝 떨어질 걱정은 하지 않아도 된다. 엔진이 꺼진다든지 다른 중요한 조종장치가 고장 난다든지 하는 최악의 상황을 방지하기 위해 항공기는 이륙 활주를 하기 전까지 운항 기능을 꼼꼼히 점검한다. 그걸 알기에 관제사는 항공기가 유도로에서 잠시 점검하겠다고 요청하면 교통 흐름을 크게 방해하지 않는 이상 허가한다. 조종사가 점검한 뒤 운항할 수 없다고 판단하면 항공기는 '주기장 복귀Gate Return, Ramp Return'를 요청한다. 그렇게 되면 상황이 좀 복잡해진다. 인천공항에서 주기장 배정은 관제사가 하는 게 아니다. 항공기가 다시 주기장으로 돌아가겠다고 하면 다른 부서에 연락해 즉시 사용이 가능한 주기장을 찾아야 한다. 주기장이 정해지면 항공기가 스스로 움직일 수 있는지 확인하고, 자력 이동이

불가능하다면 견인차를 붙여 주기장으로 이동시킨다. 그리고 다른 관제사와 관제기관에 주기장 복귀를 전파하면 상황이 마무리된다. 항공기는 주기장에서 몇 가지 정비를 한 뒤 문제가 없다면 다시 출발하고, 때로는 항공기를 바꿔 여객을 이동시킨 뒤 출발하기도 한다.

주기장에서 엉덩이를 빼는 푸시백 후 주기장으로 돌아가겠다고 하거나, 드물게는 활주로로 이동하다가 다시 터미널로 가야 하는 상황이 닥치면 승객으로서는 짜증도 나고 피곤할 수 있다. 반대로 이렇게 생각해 보자. 결함을 미처 발견하지 못하고 그냥 이륙했다면? 이륙 전 문제를 찾아내 멈추는 것이 더 큰 사고를 방지하는 현명한 결정이다.

영화나 드라마에 나오는 것처럼 항공 사고가 발생하면 항공기가 땅에 부딪히는 데서 오는 충격으로 죽는 게 아니라, 충격 후 발생하는 화재로 화상을 입거나 질식해 사망하는 경우가 가장 많다고 한다. 비행 중에는 탑승객의 안전이 보장된다는 뜻이다. 그러니 걱정은 잠시 접어두시길. 항공기는 안전하니까!

관제사로 일하기 시작한 지 100일여 만에 항공산업은 코로
나의 영향을 직격탄으로 맞았습니다. 어쩌면 저는 스스로의 존
재 이유를 찾고 직업에 대한 자긍심을 갖기 위해 글을 썼는지도
모릅니다. 힘든 시기에 나를 다잡을 수 있는 취미가 있다는 것은
참 다행인 일입니다. 하지만 취미로 시작한 일이었기에 책을 내
기까지 고민이 많았습니다. 과연 내가 모든 관제사를 대표해 글
을 세상에 내보여도 되는 건지, 생각나는 대로 쓴 지저분한 글
을 과연 누군가 읽어주기는 할지, 결국에는 모든 게 욕심에서 비
롯된 것은 아닌지…. 그럼에도 용기 내서 이야기를 꺼낸 건 아직
관제라는 분야가 많은 사람에게 생소하고 가끔은 신기하게 보
이기 때문입니다. 글솜씨는 뛰어나지 않지만 그래도 몇 년 동안

공항에서 먹고 자며 경험했던 이야기들이 누군가에게는 꿈을 갖는 계기가, 누군가에게는 항공 분야를 더 좋아하게 되는 계기가, 또 누군가에게는 위로가 될 수 있기를 바랍니다. 가끔 비행기를 타고 이륙하기 전 공항에 우뚝 서 있는 관제탑을 보며 관제사들이 잘 살고 있을지 생각해 주세요!

책을 낼 수 있도록 도와주신 회사 동료분들과 출판사 대표님, 든든한 지지와 응원을 보내준 가족과 예비 남편에게 감사의 마음을 보냅니다. 그리고 읽어주신 모든 분께 고맙다는 인사를 전합니다. 따뜻한 하루하루 되시기를.

오늘도 관제탑에 오릅니다

1판 1쇄 찍음 2025년 03월 15일
1판 1쇄 펴냄 2025년 03월 25일

지은이 민이정
펴낸이 천경호
종이 월드페이퍼
제작 (주)아트인
펴낸곳 루아크
출판등록 2015년 11월 10일 제2021-000135호
주소 10881 경기도 파주시 회동길 480, 아트팩토리 NJF B동 233호
전화 031.998.6872
팩스 031.5171.3557
이메일 ruachbook@hanmail.net

ISBN 979-11-94391-17-3 03810